Lilith-

Hexe, Dämonin,

Partnerin von

Luzifer

© 2024 Lilith Lucifero

ISBN:
978-3-7693-0844-0

Verlag: BoD · Books on Demand GmbH, In de Tarpen 42,
22848 Norderstedt, bod@bod.de
Druck: Libri Plureos GmbH, Friedensallee 273,
22763 Hamburg

Kontaktadresse nach EU-Produktsicherheitsverordnung:
lilu13@mail.de

Vorwort

Dieses Buch erzählt die Geschichte von Lilith und Luzifer, eine Seele in zwei Körpern, verflucht aus Neid und Missgunst, kämpfend für ihre Liebe.

Eine Geschichte über Seelchen (gemeinhin bekannt als Zwillings- oder Dualseelen, bzw Zwillingsflammen), die entgegen aller Widrigkeiten letztlich doch ihr Glück finden und vor allem leben dürfe

Wie alles begann

Sie schlug vorsichtig ihre Augen auf, nicht wissend was sie erwartet, und blickte direkt in die Augen eines Engels. Ihr Herz schlug höher, die Liebe traf sie tief ins Herz! „Sami" hauchte sie, komplett versunken in seinen wunderschönen blauen Augen. Er lächelte sie zärtlich an, und streckte seine Hand nach ihr aus...

So begann sie, die vielleicht tragischste Liebesgeschichte aller Zeiten, welche das Schicksal der Welt entschied....

Er hatte sie erschaffen, ihr einen Teil seiner Seele gegeben, um ihr Leben einzuhauchen. Sie war all das, was er sich gewünscht, vorgestellt hatte, sein Fleischgewordener Traum! All dies wusste sie nicht, sie fühlte nur diese tiefe Liebe, diese Verbundenheit, ein blindes Verstehen des anderen. Sie fühlte, was er fühlte, und umgekehrt.

Lange Zeit lebten sie glücklich, bekamen bald auch ein Kind als Zeugnis ihrer tiefen reinen Liebe. Jedoch immer beobachtet von seinem Vater, dem grossen „Gott". Dieser konnte es gar nicht ertragen, dass Samael, sein Erstgeborener, die Frechheit besass, ein Wesen zu erschaffen, und damit auch noch Erfolg zu haben und glücklich zu sein! Nein, Dinge erschaffen war SEIN Vorrecht! Nur er, „Gott" selbst, durfte dies tun. Und so ersann er einen perfiden Plan…

Der Plan

Er erschuf einen Menschen, und setzte ihn auf die Erde. Und dann entriss er Samael seine Liebe, und setzte sie zu diesem Mann, Adam, auf die Erde.

Alles Betteln half nicht, sie wurde grausam von ihrer Familie getrennt, und ganz alleine auf die Erde verfrachtet.

Da war sie, Lilith, geschaffen aus Liebe, und doch getrennt von dem Wesen, das ihre zweite Hälfte war, ihr Gegenstück, ihre Liebe. Ohne ihn fühlte sie sich leer, einsam, verlassen, aber keinesfalls schwach. Niemals würde sie sich beugen vor diesem Fremden, der sie behandelte als sei sie sein Eigentum! Instinktiv wusste sie, in ihren Adern floss Engelsblut, ein Engel, IHR Engel, hatte ein Teil seiner Seele, seiner Selbst, gegeben um ihr Leben einzuhauchen, und das verband sie auf eine Art, die sie niemals mit einem anderen Wesen verbinden konnte. Es war ihr egal, was der grosse „Gott" sagte, was ihr „Mann" wollte, sie wollte nur einen: Sami, ihren Engel.

Und so rebellierte sie auf ihre Art gegen diese Verbindung. Adam, der Mann zu dem sie verbannt wurde, verlangte von ihr, sich zu beugen, ihm Essen zu bringen, ihn zu waschen, beim Sex unter ihm zu liegen, ihm zu Willen zu sein wann und wie immer ihm der Sinn stand. Sie aber weigerte sich, wehrte sich gegen seine Übergriffe.

Samael rebellierte ebenfalls, kritisierte seinen Vater aufs Schärfste. Schon lange fielen ihm die Machthabereien auf: Alle müssen gehorchen, sonst drohen empfindliche Strafen. Selbst Entscheidungen treffen aufs Strengste untersagt. Dabei aber sich als den guten Mann hinstellen… Bisher hatte es keiner der Brüder gewagt, dagegen aufzubegehren. Nun aber war er zu weit gegangen, Samael liess sich das nicht

4

bieten! Er versammelte seine engsten Brüder um sich, Chaziel, Azazel und Yesekiel. Mit diesen schmiedete er einen Plan.

Die Rettung

So geschah es, dass im Himmel Chaos ausbrach, als die drei Brüder Streitereien mit den anderen Geborenen und den Erschaffenen Engeln begannen. Es ging um Banalitäten, aber der Aufruhr lenkte wie gewünscht den Vater ab.

Samael stieg also vom Himmel herab, direkt in den Garten zu Lilith. Diese fiel ihm um den Hals als sie ihn entdeckte. Er war hier, er war gekommen um sie zu retten!
Adam fand das natürlich gar nicht toll, dass da ein Engel ihm sein Eigentum wegnehmen wollte, und schrie aus voller Kehle. Damit zog er die Aufmerksamkeit Gottes auf sich, was so gar nicht förderlich war. Samael brachte erstmal Lilith in Sicherheit, und stieg dann hinauf, um seine Brüder und seinen Sohn zu retten. Es entbrannte ein Krieg, die gehorsamen Vasallen waren zuviele. Samael und seine Brüder mussten sich geschlagen geben, konnten nichtmal mehr den kleinen Belial retten.

Adam bekam eine neue Frau, Eva, welche gehorsam und dienlich war.

Samael legte seinen Engelsnamen ab und nannte sich Luzifer, Lichtbringer.

Lilith und ihr Luzifer aber erschufen gemeinsam ein Reich, ganz anders als der Himmel, und nannten es Hölle. Dort kamen dann auch Azazel, Chaziel und Yesekiel dazu, und einige Erschaffene folgten ebenfalls.

Gott aber reichte es nicht, dass der Erstgeborene Samaels in seinen Händen blieb, nein, er schwor sich, alles zu tun damit Luzifer und Lilith niemals glücklich leben dürften. Im Tode, als Seelenwesen, da konnte er nicht eingreifen, denn zur Hölle hatte er keinen Zugriff, dafür hatten sie gesorgt. Aber in all ihren Inkarnationen schwor er ihnen Leid.

Und so geschah es dann auch....

Wir befinden uns nun im 21. Jahrhundert, Lilith und Luzifer haben einige Leben hinter sich, aber kein einziges gemeinsam glücklich bis zuende leben dürfen. Jedesmal wurden sie, so sie sich denn gefunden haben, schrecklichst getrennt. Mal durch Kriege, mal durch Morde, Unfälle, oder andere Schicksalsschläge. Sie sind dazu verdammt, jedesmal wenn sie sich finden, sich auch wieder zu verlieren. Lilith hat zumindest eine Gnade, sie erinnert sich nie an ihre Vorleben, während Luzifer ALLES weiss. Und, Lilith kann auch wählen, ihren Inkarnationskreislauf zu durchbrechen. In dem Fall geht ihre Seele zurück in Luzifer, und er ist dann für den Rest der Ewigkeit komplett alleine.

Auf dieses Leben kann ich nun auch genauer eingehen, da hier die Erinnerungen eben nicht weg sind ;)

Das Wiedersehen in diesem Leben

Im Jahre 2007 geschah es, dass Lilith ihren Luzifer treffen durfte. Er war ein Bundeswehrkamerad ihres Bruders, und kam eines Abends zu Besuch. Sie öffnete die Tür, und nachdem ihr Bruder ihr Luzifer als „Teufel in Menschengestalt" beschrieben hatte, musste sie zugeben, die Beschreibung traf perfekt zu! Was sie aber nicht abschreckte, ganz im Gegenteil. Sie war von seiner „bösen" Aura sofort fasziniert, fühlte sofort eine tiefe Vertrautheit zu diesem ihr fremden Mann.
Er war sofort verliebt, sie verbot sich durch schmerzhafte Erfahrungen Liebe, und empfand nur eine tiefe Verbundenheit.

Sie sahen sich dann in der Kaserne nochmal kurz, als Lilith dort wegen einem Tattoo war. Und obwohl sie darauf drängte, endlich tätowiert zu werden, freute sie sich, Luzifer zu sehen, unterhielt sich mit ihm, und drehte sich beim Weggehen auch nochmal nach ihm um. Dieser Blick war magisch, es war der Moment als sich die Seelen verbanden und versprachen, alles zu tun um endlich glücklich sein zu dürfen, den Kreislauf aus Leid zu unterbrechen.

Im Jahre 2009 war es dann wieder soweit, Luzifer kam zu Besuch. Lilith freute sich darüber, genoss die gemeinsame Zeit, das Blödeln mit ihrem Bruder, Luzifer und Freunden. Einer davon wurde immer wieder mal zudringlich, was sie zwar nervte, aber sie liess sich nichts anmerken. Plötzlich schaute Luzifer diesen an, legte den Arm um Lilith und sagte: „Finger weg jetzt, die gehört mir!" Ab da hatte Lilith ihre Ruhe. Seltsamerweise störte es sie auch nicht, dass einer da so Besitzansprüche stellte, sie genoss es sogar. Obwohl sie sich die Liebe immer noch nicht eingestand….
Später gingen Lilith und Luzifer zu ihr nach Hause, er sollte bei ihr übernachten. Er schlief dann auch brav auf der Couch, am nächsten Tag bauten sie sich ein Deckenlager vorm Fernseher

und schauten Serien und machten Blödsinn, bis irgendwann ihr Bruder zu Besuch kam. Als er wieder ging, begaben sie sich zurück auf ihr Deckenlager. Dort legte Luzifer sanft seinen Arm um Lilith, hüllte sie zärtlich in seine Teufelsenergie, und sie kuschelte sich sachte an ihn. Es fühlte sich soo richtig an… Sie schauten sich an, und küssten sich vorsichtig. Ab da war es um Lilith geschehen… Alles stürmte plötzlich auf sie ein, all die versteckten Gefühle, es war das pure Glück in Luzifers Armen zu liegen! Er empfand es genauso, und nachdem er kurz nach Hause gefahren war, stand er mit Sack und Pack vor ihrer Tür und zog kurzerhand ein.

Sie genossen ihr Zusammensein, Freunde wunderten sich über die stumme Verständigung der beiden. Jeder wusste vom andren, was er dachte, oder grade wollte. Klar gab es auch mal Streit, es flogen teilweise sogar richtig die Fetzen, aber sie versöhnten sich schnell wieder. Lilith´s Geburtstag feierten sie mit Freunden auf dem nahegelegenen Grillplatz, ein Ort den sie noch oft in den folgenden Jahren aufsuchen sollte um in Erinnerungen zu schwelgen.

Auf der Feier geschah es dann, dass ihr Bruder und sie sich so richtig fetzten, eigentlich um Sinnloses. Ihr Bruder wollte sie verprügeln, sie zeigte aber, ganz die Kämpferin, keine Angst. Im Gegenteil, sie stachelte eher noch. Ihre Freundin bettelte Luzifer an, sie doch zu zügeln, er jedoch sagte nur: „Lass sie machen, sie weiss was sie tut. Und wenns Hart auf Hart kommt bin ich ja da!"

Er musste jedoch nicht eingreifen, es blieb bei Drohungen.

Kurz danach musste Luzifer zehn Tage weg, versprach aber sich täglich zu melden. Beiden tat der Abschied weh, auch wenn es nur zehn Tage waren. Als hätten sie da bereits gewusst was dann auf sie zukam....

Die Trennung

Es war der 30. April, Beltane, als Luzifer zu seiner Lilith zurückkam. Froh wieder bei ihr zu sein, wollte er sie kuscheln und am liebsten nicht mehr loslassen. Lilith aber wehrte ihn ab, wollte sich anziehen fürs Maibaumstellen. Warum tat sie das??

Naja, ihre Mutter hatte ihr den Floh ins Ohr gesetzt, dass er fremdgehe, eine andre habe, sie ihm nicht wichtig sei. Sicherlich nur in gutem Willen, sie mochte Luzifer ja auch, aber er hatte sich nicht wie versprochen gemeldet gehabt, und da klingelten die Alarmglocken bei ihrer Mutter. Sie hatte mehr als genug Betrug und Lügen erlebt, und wollte ihre Tochter davor schützen.

Es kam wie es kommen musste – auf dem Fest gab es einen Riesenzoff. Luzifer war zur Bar gegangen, Getränke holen, mit den Worten: „Bin gleich wieder da", traf dann aber eine Frau und unterhielt sich mit ihr. Dies sehend drehte Lilith durch, warf ihm Betrug vor und machte eine Riesenszene. Luzifer liess sich das natürlich nicht gefallen, forderte den Hausschlüssel und ging. Sie ihm nach, eine Freundin ihr nach... So liefen sie durchs Dorf, Luzifer voraus, Lilith hinterher und das Schlusslicht machte Silvia. Natürlich inclusive lautem Gebrüll von allen dreien. Am Haus angekommen ging es weiter, er packte wutentbrannt seine Sachen, Lilith wollte ihn davon abhalten, Silvia beide beruhigen. Sogar Liliths Mutter kam halbwegs runter um zu schauen was los ist. Lilith bettelte und bohrte, bis Luzifer sich mit knallroten, wutentbrannten Augen umdrehte. Sie wusste, jetzt ist Vorsicht geboten, die Augen werden nur so rot wenn er am Limit ist... Also gab sie auf, und er ging. Hätte sie doch nur damals schon gewusst: Sie müsste ihn nur in den Arm nehmen, und seine ganze Wut wäre verflogen!

Sie brach zusammen, weinte und schrie, konnte es nicht fassen. Irgendwann rappelte sie sich auf, und rannte auf das Fest, in der Hoffnung ihn zu finden. Reden, versöhnen... Aber, er war nicht dort. Wie sie heimkam ist nur noch eine vage Erinnerung, von ihrer Freundin erzählt. Anscheinend brachte diese sie heim und wollte auch bei ihr bleiben. Lilith jedoch schickte sie weg, ihr gehe es gut... Am nächsten Morgen kam sie zu sich, im Bad, in einer Blutlache... Ihr Borderline war zurückgekommen, jeder erreichbare cm ihres Körpers zerschnitten.

In den folgenden Wochen versuchten ihre Mutter und Freunde alles, um sie aus ihrem Schmerz zu holen. Schleppten sie auf Partys, animierten sie zum Essen, zum Reden, alles erfolglos. Lilith litt unsäglich, draussen tat sie so als ginge es ihr gut, aber die meiste Zeit verkroch sie sich im Bett und weinte. Alkohol und Zigaretten, das war ihre Nahrung in dieser Zeit. Dies blieb auch von ihrer Therapeutin nicht unbemerkt. Alle machten sich Sorgen, keiner konnte ihr Leid mildern. Sie schrieb Gedichte, Texte, Briefe... All das was ihr früher geholfen hatte war nun nutzlos. Sie fühlte ganz deutlich, diesmal war anders als all die Male zuvor wenn eine Beziehung zerbrochen war.

Und dann, eines Tages, wachte sie auf und es war besser, erträglicher. Sie konnte Nahrung bei sich behalten, konnte etwas empfinden ausser unsäglichem Schmerz. Es ging aufwärts. Aber, so wie früher wurde es nie wieder....

Freunde versuchten sie zu verkuppeln, erfolglos. In ihrem Herzen war kein Platz mehr für einen Mann. Sie begann, alleine ihr Leben zu leben, fand sogar Freude daran. Es erfüllte sie mit Stolz, festzustellen dass sie es schaffte allein zu sein. Etwas das früher undenkbar war, wurde nun normal. Sie war alleine glücklich, der einzige der ihr fehlte war ihr Luzi. Ihn jedoch konnte sie nicht mehr finden, egal was sie probierte. Naja, er hatte es ihr ja auch gesagt, er war der Teufel, und wenn der Teufel nicht gefunden werden will, findet man ihn auch nicht.

Die zweite Chance

Im Jahre 2011 kurz vor Halloween geschah es:
Sie bekam eine PN in Facebook, von Luzifer!
Aufgeregt antwortete sie, er fragte wie es ihr
geht, und nach kurzem Hin und Her stand fest:
Er kommt sie besuchen.
Ein paar Tage später stand er tatsächlich vor ihr!
Es war als hätten sie sich gestern das letzte Mal
gesehen, genauso vertraut wie immer. Sie
umarmten sich zur Begrüssung, und
unterhielten sich. Beide sagten, es bliebe bei
Freundschaft, keiner hatte was andres im Sinn.
Ausser die Seelen... Es dauerte nicht lange und
sie lagen sich in den Armen, küssten sich wie
Ertrinkende, und landeten auch im Bett. Soviel
zu: Nur Freundschaft! All die Gefühle waren
wieder da, sie trafen sich nahezu täglich. Lilith
allerdings hatte immer ihre Bekannte im Ohr,
die ihr damals aus den Sternen und den Karten
prophezeit hatte, dass diese Verbindung etwas
Besonderes ist, jedoch niemals zu einer
glücklichen Partnerschaft führen könne. Es sei

zum Scheitern verurteilt, immer. Aus diesem Grunde tat sie, was sie nacher bitter bereute: Es kam der Tag, da gestand Luzifer ihr, dass er mehr wollte, er wollte SIE, mit ihr zusammen sein, mit ihr leben. Und sie sagte nein, wies ihn zurück. Aus Angst vor neuerlichem Schmerz, im festen Glauben es ginge wieder so aus wie 2009. Er kam noch ein paarmal vorbei, dann telefonierten sie nur noch.

Eins der letzten Telefonate sollte sie nie vergessen... Ihre Mutter hatte sie gebeten, einen Fluch gegen die „Freundin" ihres Bruders zu wirken, was sie getan hatte. Am nächsten Abend bereits hatte diese einen Unfall, brach sich mehrfach den Fuss. Lilith war geschockt, wie schnell und krass dieses Ritual eintraf. Kurz danach klingelte ihr Handy, Luzifer war dran, und fragte sie was sie sich dabei gedacht hatte! Sie hätte die „Freundin" beinahe getötet, hätte er nicht eingegriffen!! Ihr rutschte das Herz in die Hose, DAS hatte sie nie gewollt! Er sagte ihr, sie solle erst erkennen welche Macht in ihr steckt, und lernen diese zu kontrollieren, bevor

sie wieder sowas tut, was sie ihm versprach.
Danach brach der Kontakt wieder ab. Sie lenkte
sich ab, redete sich ein es sei alles ok.
Im gleichen Jahr, 2012, kurz nachdem Luzifer
gegangen war, lernte sie Gabriel kennen. Ein
Freund brachte ihn auf ihre Geburtstagsfeier
mit.

Silvester 2012 sollte eine Schneise in ihr Leben
reissen...
Seit knapp zwei Jahren hatte sie Streit mit einem
ihrer besten Freunde, Mauli. Mit ihm hatte sie
soviel durchgemacht, und durch einen Idioten
hatten sie sich verstritten. Mauli hatte an
Silvester Geburtstag, sie überlegte nun, ihm zu
schreiben. Aber sie verwarf es wieder, war zu
stolz dazu. Soll doch er schreiben, sich melden...
Dass er dies nicht konnte, weil sie nicht nur
umgezogen war, sondern auch eine neue
Handynr. hatte, vergass sie in ihrem Stolz...
Knapp drei Wochen später erreichte sie eine
Nachricht von einem gemeinsamen Freund:

Mauli war tot, verbrannt in seiner Gartenhütte! Lilith konnte und wollte das nicht glauben, telefonierte rum, aber es bestätigte sich leider. Sie ging auf seine Beerdigung, zumindest das konnte sie tun.

Silvester sollte für sie nie wieder mit Freude erfüllt sein, wie sie bald feststellen würde….

2013 zog sie dann auch 400km weit weg, weg von allem, Familie, Freunde, alles liess sie hinter sich. Sie wusste, es muss sein. Nur, wofür, und was sie alles lernen und erkennen sollte, DAS war ihr zu diesem Zeitpunkt nicht bewusst….

Das neue Leben

Es begann eigentlich ganz toll, mit einem Kumpel hatte sie die Wohnung zusammen gemietet, um dann dort in der Fremde getrennt Wohnungen zu suchen. Sie hatten sich eigentlich super verstanden, also warum nicht? Naja, der Kumpel zeigte bald sein wahres Gesicht... Zog aus, aber kündigte seinen Anteil der Wohnung nicht, sie konnte den Mietvertrag nicht umschreiben lassen deshalb. Da sie vom Amt die Miete bekam, wurde aufgrund dessen nicht die volle Miete, sondern weiterhin nur die Hälfte gezahlt, einem Umzug wurde ebenfalls nicht zugestimmt, da die halbe Miete günstiger war als eine kleinere Wohnung. So kam es wie es kommen musste: Die Kündigung kam angeflattert. An sich gut, nun musste sie ja umziehen...

Nein, alles andre als gut, denn so schnell wie nötig findet man keine Wohnung, sie suchte und suchte, hatte Besichtigungen, aber entweder bekam sie von den Vermietern Absagen, oder das Amt lehnte ab. Und dann kam die Räumungsklage – von Nachbarn wusste Lilith, wie schnell diese Hausverwaltung sein kann bei sowas. Sie lebte nur noch in der Angst, morgens aufzuwachen und das Räumkommando stünde vor der Tür. Noch dazu stand sie alleine da, Freunde hatte sie verloren, weil alle den Lügen des angeblichen Kumpels glaubten.

Sie war ehrlich, sagte allen möglichen Vermietern die Wahrheit über die Räumungsklage, keiner gab ihr eine Chance. So schmiedete sie den Plan, wenn es klingelt und das Räumkommando steht da, springt sie vom Balkon. Hoch genug war es ja, siebtes Stockwerk, unten Beton. Sie wusste, jetzt auch noch von ihren Katzen getrennt zu werden würde sie nicht ertragen, deshalb der Plan. Jeden Morgen dachte sie, es ist ihr letzter Tag. Trotzdem gab sie die Suche nicht auf, und endlich fand sie einen Vermieter, dem die Klage egal war, der ihr eine Chance gab! Endlich ein Lichtblick in der Dunkelheit. Es war eine schöne

Wohnung, vor allem der Balkon war riesig. In diesen hatte sie sich sofort verliebt. Sie bekam die Wohnung, und zog am 24. März 2015 dort ein, genau am Tag des Flugzeugabsturzes der Germanwings Maschine. Dies würde sie nie vergessen...

Der Umzug war recht entspannt da sie ein Umzugsunternehmen hatte. In der neuen Wohnung allein stand sie da, und bemerkte plötzlich, wie all die Last von ihr fiel. Sie wollte runter zu Poco, Kleinkram wie Handtücher etc kaufen, also lief sie los... Und stand vor verschlossenen Türen, Poco hatte am 15.3. dichtgemacht... Auch dies würde Lilith nie vergessen, hatte sie sich doch auf Poco in Laufnähe gefreut.

Nun ja, ihrer Freude tat dies keinen Abbruch, sie ging zurück und begann auszupacken, einzuräumen, die Wohnung gemütlich zu machen.

Kurze Zeit später lernte sie ein Paar aus dem

Haus kennen, Ursula und Manuel, mit denen sie sich super verstand.

Dieses Paar versuchte sie zu verkuppeln, verstand nicht warum sie kein Interesse an Männern hatte. Alle Erklärungen nutzten nichts. Irgendwann sassen sie oben zusammen, und Manuel spielte am PC, WOW... Das Spiel das Luzifer auch gespielt hatte! Da kam ihr die Idee, dass die beiden sich ja vielleicht kennen, dass sie so vielleicht ihren Luzi wieder fand... Manuel probierte es, aber da Lilith keinen Nickname und gar nichts wusste, verlief auch diese Suche im Sande.
Ein, zwei Jahre lief alles toll, dann knallte es gewaltig. Ursula war Alkoholikerin und nahm Drogen, und Lilith kam damit irgendwann nicht mehr klar. Ursula war zu oft aggressiv, launisch, es gab immer öfter Streit. Also trennten sich die Wege. Zu Manuel hielt sie etwas länger Kontakt, aber auch dies verlief sich.

Dafür lernte sie eine andre Nachbarin kennen, Ramona, und ihren Freund Yazan. Die beiden waren toll, ganz anders als Ursula und Manuel. Lilith war oft bei den beiden, oder nahm die kleine Tochter von Ramona mal ein paar

Stunden damit die beiden was erledigen können. Es war eine Freundschaft auf Augenhöhe.
Allerdings verstand auch Ramona nicht, warum Lilith an keinem Mann Interesse hatte.

Irgendwann sassen sie wieder zusammen abends, hatten was getrunken, und plötzlich fing Ramona an mit Fragen über ihren Freund Yazan, wie Lilith ihn fand. Lilith sagte er is ok, ein netter Kerl, sie kommt gut mit ihm aus. Das reichte Ramona nicht, sie bohrte weiter und weiter, ob Lilith ihn hübsch findet und so Sachen. Lilith sagte erst einige Male was sie wirklich dachte, nämlich dass er ja Ramona gefallen muss und nicht ihr, und dass sie eh kein Interesse an Männern hat, und an dem Mann einer Freundin schon dreimal nicht. Aber Ramona bohrte weiter und gab keine Ruhe, was Lilith nervte. Also sagte sie irgendwann: „Ja er ist hübsch". Und damit

war es vorbei mit Freundschaft, denn nun hiess es, Lilith wäre scharf auf Yazan!
Sie fand es sehr schade, denn sie hatte Ramona gemocht, und auch die Kleine hatte sie in ihr Herz geschlossen, aber sie bettelte auch nicht um die Freundschaft, zu sehr war sie es gewohnt allein zu sein.

Naja, ganz allein war sie ja nicht…
2015 war sie in den Fanclub ihrer Lieblingsband eingetreten, und hatte dort einen guten Freund gefunden. Steve war auch allein, hatte auch Borderline, sie verstanden sich also blendend. Hatten durch den Club ja auch die gleichen Interessen. So waren sie andauernd unterwegs, fuhren nach Karlsruhe zu Liliths Familie, oder nach Südtirol wo die Band herkam. Auch bei vielen Aktivitäten vom Club waren sie dabei.

So lernte Lilith dann Markus kennen, ebenfalls Clubmitglied, und Bassist in einer andren Band. Er brachte sie mit der Band zusammen, und sie wurde deren Bookerin. Das genoss sie, abhängen im Proberaum, auf Konzerten dabeisein, rumtelefonieren um Auftritte zu organisieren. Hielt nur leider nicht lange, da Markus nicht einsehen wollte, dass sie kein Interesse an ihm hatte....

Mit Steve war sie weiterhin unterwegs, er kannte ihre Familie, diese mochten ihn auch. Und jedesmal wenn sie Richtung Süden fuhren, schaute Lilith ganz automatisch genau dann auf, wenn das Autobahnschild von Luzifers Wohngegend auftauchte....

Sie begriff nicht, warum ein Ex sie dermassen beschäftigte...

Bis 2018 war sie viel mit Steve unterwegs, bis auch diese Freundschaft zerbrach.

Nun war sie wieder allein, aber mittlerweile hatte ein ganz besonderes Wesen den Weg zu ihr gefunden: Ein Wildkater, der sie liebte wie sie ihn, der ihr Begleiter in vielen Leben bereits gewesen war. Ihr gegenüber war er anhänglich, verschmust, klebte regelrecht an ihr, alle anderen Menschen mied er nicht nur, nein, im Grunde bekam ihn kaum einer zu Gesicht. Lediglich Lilith´s Mutter wurde akzeptiert, bzw. sogar auch geliebt von dem Kleinen.

Lilith begann langsam, sich wieder auf ihre Spiritualität zu besinnen, die sie Zeit ihres Lebens begleitet hatte.

Da sie nun wieder auf sich allein gestellt war, überlegte sie, wie sie ihren Schnuck, ihr geliebtes Katzenwesen, im Zug mit zu ihrer Mutter nehmen konnte. In einem Telefonat mit Mama und einer Freundin der beiden, kam die Idee aus einem Spass heraus: Ein Kinderwagen!

Kurze Zeit später fand Lilith einen Buggy im Keller, da wo Nachbarn immer Dinge, die sie verschenken wollten, hinterliessen. Nur, ein Buggy war für ihre Zwecke ungeeignet... Also machte sie Fotos, und erstellte einen Aufruf in

Facebook: Buggy gegen Kinderwagen zu tauschen. Die Idee dahinter war ja im Grunde gut, ein Buggy wird ja erst benötigt, wenn ein Kinderwagen nutzlos ist. Daher erhoffte sie einen schnellen Tausch.

Mittlerweile schrieben wir das Jahr 2020, es war Anfang März, als eine Nachricht eintrudelte: Eine Frau aus ihrem Wohnort hatte einen Kinderwagen abzugeben, brauchte allerdings keinen Buggy. Nach kurzem Schriftwechsel stand fest: Lilith hilft beim Umzug, bekommt dafür den Kinderwagen. Beide Seiten glücklich….

Das Erwachen

Der besagte Umzugstag war da, Lilith machte sich auf den Weg zu Jessi, um beim Umzug zu helfen. Dort angekommen wurde sie begrüsst, als kannten sie sich schon ewig. Jessi war total lieb, auch mit den anderen Helfern verstand sich Lilith bestens.

Recht schnell merkte Lilith, wie offen Jessi war: Sie sprach mit ihrer toten Oma, als wäre sie anwesend. Vor ihr, einer Fremden! Das beeindruckte Lilith, hatte sie doch bisher die Erfahrung gemacht, alles Spirituelle verstecken zu müssen, nur mit engen Leuten teilen zu können um nicht als verrückt abgestempelt zu werden!

Jessi sprach sie auch offen darauf an, dass sie in Lilith viel bemerkt hatte….

So entstand auch aus einem Tauschgeschäft recht schnell eine Freundschaft.

Lilith war glücklich, eine Freundin gefunden zu haben, die ebenfalls Spirituell war, mit der sie nicht nur offen reden konnte, nein, von der sie sogar noch lernen konnte. Lernen, ihre Gaben nicht zu verstecken, sondern offen dazu zu stehen. Anfangs war es etwas ungewohnt, aber sehr schnell bemerkte sie, wie frei sich das anfühlte!

Jessi und Lilith verbrachten sehr viel Zeit zusammen, beide konnten voneinander lernen. Jessi sprach auch offen über ihre früheren Inkarnationen, Astralreisen, etc. Auch Kartenlegen, Visionen, Verstorbene die hier sind, all das waren Themen die die beiden euphorisch besprachen, und sich austauschten. Auch Carlo, Jessi´s Ex, war mit von der Partie. Er verurteilte niemanden, nein, er glaubte ihnen, hatte auch Ansätze wenn die zwei mal nicht weiter wussten. Eine vollkommen neue Erfahrung für Lilith, so offen hatte sie bisher selten mit jemandem reden können, eigentlich nur mit ihrer Freundin Silvia und Luzifer… Nun aber öffnete sie sich auch ihrer Mutter gegenüber richtig, und auch Gabriel, mit dem sie immer noch Kontakt hatte, erfuhr nun einiges über Lilith. Es tat so gut!!

Es war Ende Juni, als Jessi erzählte, der Teufel würde sie herausfordern. Sie müsse diesen Kampf annehmen, aber sie habe Angst davor…. Lilith erzählte ihr, dass sie den Teufel kennt, und dass Jessi keine Angst vor ihm haben müsse. Jessi konnte es nicht richtig glauben, hiess es doch immer der Teufel ist böse…
Lilith kramte Fotos hervor, zeigte sie Jessi, diese erkannte ihn darauf… Nun glaubte sie es, dass Lilith den Teufel kannte. Aber Hilfe wollte sie keine annehmen, Lilith hatte angeboten mit ihm zu reden, auf astraler Ebene. Irdisch konnte sie ihn ja nicht mehr finden.

Am 3. Juli 2020 machte sich Lilith, auch wenn Jessi es nicht wollte, astral auf die Suche nach Luzifer. Und wurde fündig!
Sie wollte nur mit ihm reden, seine Version hören.

Eigentlich…..

Der Beginn einer astralen Liebe

Sie begab sich astral zu Vlad, ihrem früheren Mentor, und sprach wegen ihrer kranken Mutter mit ihm. Dann machte sie sich auf die Suche, bzw. streckte ihre Fühler aus und rief Luzifer zu sich. Und er kam...

Zuerst schauten sie sich schüchtern an, alle Gefühle waren da als wären sie nie getrennt gewesen. Und doch waren es acht Jahre ohne jeglichen Kontakt gewesen. Es dauerte nicht lange, da lagen sie sich in den Armen, küssten und liebten sich. Sprachen auch über Jessi, Luzifer erzählte Lilith, dass er sie nur herausfordern möchte, wecken möchte. Sie kommt mit ihren Fähigkeiten nicht so klar.

Am nächsten Tag mittags zog Luzifer an ihr, sie musste astral gehen um ihn zu sehen. Er führte sie in sein Reich, so sagte er zumindest. Zu diesem Zeitpunkt war es aber noch nicht wirklich sein, ihr gemeinsames Reich, sondern nur ein in seinem Geschmack eingerichtetes Zimmer. Lilith bat ihn, sie komplett mit seiner Energie zu fluten, was er tat. Es war Wahnsinn! Erfüllt von seiner Teufelsenergie fühlte sie sich unbesiegbar und stark. Später, kurz bevor sie wieder ins Irdische ging, sagte er in zärtlichem Ton zu ihr: „Vertraue nie dem Teufel!" Sie wusste nicht, was er meinte.

Bis Gabriel ihr erzählte gegen Abend, dass bei ihm komische Dinge passieren seit er im Juni mit Lilith in Südtirol war. Dort war ja auch eine schwarze Feder vom Himmel direkt vor ihre Füsse geflogen, schwarze Federn hatten schon immer ihren Luzi angekündigt…

Sie wusste instinktiv sofort, dass ihr Bruder dahinter steckte, der ihr immer alles zerstören wollte, und mit ihm bestimmt auch Luzifer. Also begab sie sich astral in Gabriels Wohnung und stellte die beiden. Durch Vlad wusste sie, die Energie konnte ihr Untergang, aber auch ihre stärkste Waffe gegen Luzifer sein. Und so war es dann auch, er war überrumpelt, als sie erst ihren Bruder unschädlich machte und dann ihn aus

der Wohnung beförderte, mit der klaren
Anweisung zu entscheiden auf welcher Seite er
zukünftig stehen wird.

Sie zitterte und bebte, wusste nicht wie er sich
entscheiden würde. Aber es war unnötig, er
entschied sich natürlich für sie. Er kam astral zu
ihrem irdischen Leib, und machte Blödsinn.
Legte zum Beispiel das Telefon auf als sie mit
Gabriel telefonierte, und so Scherze. Sie
bemerkte auch, dass sie ihn telepathisch hören
konnte.

Liebe und Wachstum

Dass sie Fähigkeiten hatte, das wusste sie bereits seit ihrer Kindheit. Sie hatte Wesen sehen können, etc. Ihr erstes Ritual machte sie mit 16, rein ausm Kopf. Sie verlor viel, durch ihren Stiefvater der mit Spiritualität nichts anfangen konnte, es für Humbug hielt. Sie war ja grade neun Jahre alt als sie dorthin gingen. Aber ganz verloren hatte sie es nicht, und nach seinem Tod kam es auch langsam wieder, da sie mit ihrer Mutter reden konnte.

Nun aber hörte sie Luzifers Stimme in ihrem Kopf, das machte ihr zuerst etwas Angst, aber sie empfand es schnell als wunderschöne Möglichkeit, mit ihm zu reden, ohne astral gehen zu müssen. Wenn er zu ihr kam, zeigte er ihr dies immer mit extremer Hitze, was sie aber wunderschön fand, war es doch die einzige Möglichkeit ihn irdisch in ihrer Nähe zu haben.

Bereits drei Tage nach ihrem ersten Treffen bekam sie endlich den Impuls, dass Luzifer all die Jahre recht hatte, sie wusste es plötzlich: Sie war Lilith! Wie oft hatte er damals versucht es ihr zu sagen... Der Name hatte sie auch immer verfolgt, als Kind wollte sie immer Lily heissen, dann fand sie Lily Munster toll, mit ihrer Freundin, auf die ich später eingehe, war sie immer Lily und die Freundin Lucy, später hatte eine Bekannte einen Hund namens Lilith, als die befreundete Astrologin ihr ein Geburtshoroskop erstellte tauchte Lilith auf... Jetzt wusste sie warum...

Am 11. Juli dann sprachen sie sehr viel astral, da erfuhr sie auch, dass ihr Luzifer irdisch eine andere Frau hat, und dass diese ihn nie sein liess wie er ist. Er muss sein wahres Ich verstecken. Und dass er wahnsinnige Angst hat, sich wieder auf Lilith einzulassen. Sie hatte ihn zu sehr verletzt damals. Das tat weh, aber sie verstand ihn auch, hasste sich ja selbst dafür so blind gewesen zu sein.

Vier Tage später dann offenbarte er ihr das gemeinsame Reich, und seinen Herrscherplatz, daneben ihren Platz. Dazu jede Menge niederknieender Dämonen, die volle Pracht! Sie empfand es als wunderschön, fühlte sich sofort heimisch, angenommen. Aber noch war sie nicht bereit, ihren Platz an seiner Seite einzunehmen…

Zu sehr war ihr immer eingeredet worden, der Teufel ist böse, Dämonen gefährlich, Dämonen sind Killer, und so weiter. Ihr wisst ja alle was uns so eingetrichtert wird von Religionen etc.

Am Wochenende darauf ging Lilith zu einer Party bei Jessi, und Luzifer begleitete sie astral. Jessi bemerkte es wohl, und meinte Fronten abstecken zu müssen. Luzi nahm es gelassen hin, machte sogar noch Scherze mit. Denn später am Abend bat Jessi Lilith um etwas Energie, und Luzifer sagte: „Lass mich mal machen". Jessi ging ab mit Luzifers Energie wie Schmitz Katze… Etwas später kam Carlo zu Lilith, und bat sie, mal nach Jessi zu sehen. Lilith fand sie im Blumenbeet liegend, kniete zu ihr und fragte was los sei. Jessi schaute sie an und sagte: „Du bist Lilith, die Frau des Teufels!" Lilith war erstaunt, aber bejahte es. Jessi wollte vieles wissen, vor allem ob der Teufel böse ist, denn sie kannte ja Lilith und wusste nun ganz genau, dass diese nicht böse ist. Lilith versuchte so gut es ging, Antworten zu geben. Allzuviel war ja noch nicht wieder da an Erinnerungen. Sie erklärte Jessi, dass weder sie, noch der Teufel, oder Dämonen, wirklich böse sind. Dass dies nur von den Religionen, von „Gott" so erzählt wird über Jahrhunderte. Mehr wusste sie zu diesem Zeitpunkt noch nicht… Jessi sagte dann noch etwas, das Lilith auch nie vergessen sollte: „Du und der Teufel seid eins!" Wie recht sie hatte! Aber das wusste Lilith zu diesem Zeitpunkt auch noch nicht….

Den 20.7.2020 würde Lilith niemals vergessen. Zuerst beschloss sie, die Siegel von sich und Luzifer zu vereinen und sich zu tätowieren. Später im Bett visualisierte sie, wie sie und Luzifer sich begegnen auf der bald anstehenden Party auf „ihrem" Grillplatz. Es lief wie ein Film vor ihrem inneren Auge ab: Zuerst begegneten sie sich aufm Weg hoch, dann sprachen sie oben, und irgendwann küssten sie sich, sie lag halb auf ihm. Und da geschah es das erste Mal: Sie fühlte seinen Körper unter ihrem! Irdisch, als wäre er wirklich in ihrem Bett, halb unter ihr liegend... Kurzzeitig war sie wieder voll im Hier und Jetzt, vor schönem Schreck, konnte sich aber wieder in die Visualisierung begeben. Nun lief sie mit ihrem Bruder, seiner Freundin und Luzifer durch eine Ortschaft, sie und Luzi knutschend, bis ihr Bruder irgendwann sagte: „Da isn Gebüsch, verzieht euch!" Und Luzifer folgte der Anweisung, und zog Lilith mit sich zu dem kleinen Stückchen Grün. Sie fühlte irdisch wieder alles, das Gras unter sich, seinen Körper auf ihr, seine Küsse, und sogar seine sanften Hände die sie langsam auszogen, und ihn in sich.... Aber, das war dann doch zuviel des Guten, das war zu süss, zu schön, das riss sie endgültig aus der Trance. Leider, denn sie konnte diesen tiefen Trancezustand danach nie wieder erreichen.

Die Party aufm Grillplatz war auch wieder lehrreich, sie sah zwar ihren Luzifer nicht, aber dafür roch sie ihn öfter mal. Mit dabei war ein Typ, der immer mit dem Feuer spielte, alle andren öfter mal mit seinen Mätzchen mit dem Feuer erschreckte. Bald sollte selbst dieser vor dem Feuer flüchten. Lilith nämlich gab am Schluss nach und nach den gesamten Rest Holz aufs Feuer, bis es immer grösser und heisser wurde, und alle flüchteten, inkl. dem Feuerliebhaber!

Später in der Nacht war sie mit ihrem Bruder auf dem Friedhof des Ortes, der allgemein gruselig und heimgesucht ist. Dort sassen sie auf der Bank, und redeten. Sie hatte sich ja vor Jahren selbst weiss initiiert, und ihr Bruder hatte sie danach überredet, sich von ihm schwarz initiieren zu lassen. Damals wusste sie nicht warum, jetzt schon: Er hatte das weisse, oder gar sie, vernichten wollen! Im Laufe des Gespräches hatte er es zugegeben, und sagte dann auch, dies sei der Moment gewesen an dem er erkannte, dass sie Lilith ist!! Hatte es ihr aber nie gesagt… Ja, er hatte sie ja immer klein halten wollen.

Er wollte dann zeigen wie toll sein Schutzring ist, wie weit dieser einen Schutz aufbaut. Legte ihn auf den Boden, und dann liefen sie los zusammen. Bis ans Ende der Kapelle, dann blieb er stehen. Auch Lilith fühlte, dass hier der Schutz endete. Aber sie wusste auch, dass sie nicht in Gefahr war, und dass sie auch ihren Bruder schützen konnte. Also ging sie weiter, und bat ihn, mitzukommen, ihr zu vertrauen. Nach einer Weile Betteln seinerseits, sie möge doch zurückkommen, gab er sich geschlagen und verliess seinen Schutz. Klammerte sich an Lilith´s Hand, brach ihr fast die Finger. Um die Ecke rum, bis zur nächsten Ecke. Da stockte er, wollte zurück. Lilith wusste warum: Da sass einer der Dämonen. Sie sagte nur in dessen Richtung, er solle ihren Bruder in Ruhe lassen, und ging weiter, zog ihren Bruder hinter sich her. Kaum am Dämon vorbei rannte ihr Bruder fast schon los, nun zog er sie hinter sich her, zurück in seinen Schutzkreis. Lilith genoss es, hatte sie endlich mal die Oberhand gehabt über ihren Bruder!

Ein paar Tage nach der Party war Lilith wieder bei Gabriel, wo sie übernachtete. Wie so oft hatte dieser Nachtschicht, und liess sie deshalb im Schlafzimmer schlafen. Er war noch da, sie saßen im Wohnzimmer, als Lilith wieder Schatten sah im Augenwinkel. So hatte es als Kind begonnen. Sie sprach mit Gabriel darüber, dass hier Wesen seien, was er nicht so lustig fand. Er ging dann irgendwann arbeiten, Lilith saß noch eine Weile im Wohnzimmer, spielte im Laptop, schrieb WhatsApp und so. Dann legte sie sich ins Bett und las noch etwas. Irgendwann stand sie auf um ins Bad zu gehen. Gabriel hatte im Flur und im Bad Bewegungsmelder, Lilith wusste auch wann die angehen, hatte ja eh keine Probleme im Dunkeln zu sehen. Sie schloss die Schlafzimmertür, damit war komplett dunkel. Normal ging dann sofort ein Bewegungsmelder an, diesmal nicht. Im Laufen sah sie vor sich wie eine schwarze Wand, aber gerade als sie es bemerkte lief sie auch schon genau hinein. Es fühlte sich an wie elektrisierte Watte, sie erschrak und machte einen Satz nach hinten. Da ging dann auch der Bewegungsmelder an! Alles war normal, also ging sie ins Bad, und zurück ins Bett. Schrieb das Erlebte Gabriel, und musste plötzlich lachen, als ihr klar wurde, dass das grade Luzifer gewesen war! Er bestätigte es auch gleich, er war genauso erschrocken wie sie, als sie in ihn hineinlief.

Danach war er eine Weile nicht mehr da, was Lilith in ein Gefühlschaos warf. Sie fühlte seine Sehnsucht, und begann sie ihm zu spiegeln. Wurde manchmal auch sauer, weil er sie allein liess, oder sich nicht mehr astral treffen wollte.

Am 5. August hatte Lilith ihre erste Feuerprobe: Sie wollte, wie er es kann, an zwei Orten gleichzeitig sein. Also liess sie einen Teil ihrer Seele bei ihm, als sie kurz aus dem Astralen zurückkam. Es war seltsam, wie im Halbschlaf, nicht ganz da nicht ganz weg.

Einige Tage waren dann erfüllt von Spielereien, Luzifer testete Liliths Fähigkeiten, oder blödelte mit ihr rum, kitzelte sie beim Fernsehen oder so. Sie genoss es, wenn auch immer die Sehnsucht nach seinem irdischen Körper blieb. Irgendwann erlebte sie etwas Seltsames, er war da, sie wollten sich wieder so spüren wie damals beim Visualisieren. Es klappte aber nur halb, einen Teil von ihm fühlte sie als wäre er hier.

Der 8. August 2020 holte eine riesen Angst in Lilith hoch. Sie machte den Fehler, ihren Luzi zu googlen, und fand in seinem Wohnort einen Artikel über ein kleines Mädchen mit seinem Nachnamen, welches einen Preis gewonnen hatte. Obwohl ihr klar war, dies konnte zeitlich nicht sein Kind sein, machte es ihr dennoch deutlich, dass er Kinder haben konnte! Das war ein unermesslicher Schmerz, den dieser Gedanke in ihr auslöste! Dementsprechend führte es zu einem kompletten Zusammenbruch, sie lag nur noch heulend auf dem Sofa, bekam vor lauter Schluchzen kaum noch Luft. Welch ein grauenhafter Gedanke, ihr geliebter Luzi könne Kinder mit einer anderen Frau haben, wo sie sich doch nichts sehnlicher wünschte als mindestens ein Kind mit ihm haben zu dürfen!

Er fühlte wohl, wie elend es ihr ging, denn er kam zu ihr. Auch wenn er nicht körperlich da war, sie fühlte ihn deutlich, und kuschelte sich in die vertraute Wärme. Er liess sie schluchzen, streichelte sie, gab ihr seine Nähe und Wärme, und damit Trost. Als sie sich etwas beruhigt hatte, fragte er nach dem Grund für den Zusammenbruch. Sie erzählte ihm alles. Als sie fertig war mit erzählen, sagte er sanft zu ihr: „Ich liebe dich, nichts wird uns jemals trennen. Vergiss das nie." Das beruhigte sie, gab ihr wieder etwas Hoffnung, so dass sie abends wieder visualisieren konnte, wie sie sich körperlich treffen würden. Diesmal war es bei Gabriel zuhause.

Zwei Tage später, als sie astral zu ihm kam, war er traurig. Sie ging zu ihm, er zog sie auf seinen Schoss. Sie hielt ihn ganz fest, und versprach ihm, zu warten, egal wie lange es dauert. Da grinste er sie an, und fragte: „Erinnerst du dich? Genau diese Worte habe ich 2011 zu dir gesagt, als du mich aus Angst abgewiesen hattest. Ich versprach dir damals auch, auf dich zu warten. Ich war sicher, ich wusste, dass die Zeit kommt, in der du erkennst wer du bist und dass wir zusammengehören." Das hatte Lilith tatsächlich vergessen gehabt! Aber Luzifer klärte auf, er war es gewesen, er hatte sie das vergessen lassen, wie vieles andre auch. Er hatte die Hoffnung verloren, als sie wegzog, und versucht alle Erinnerung auszulöschen. Deshalb hatte er sich auch auf die andre Frau eingelassen, was er selbst als den grössten Fehler seines Lebens sah. Denn seitdem muss er sich verstellen, sein wahres Ich unterdrücken, und darf nicht mehr frei sein.

An seinem Geburtstag schrieb sie ihm in Facebook, dann ging sie ins Bett. Wollte astral zu ihm, fand ihn aber nirgends! Dann lief plötzlich „Last Unicorn" in ihrem CD-Player, und vor ihren Augen lief die Szene ab, als er das Lied damals 2009 anmachte, und dazu kam dieses unsagbar schmerzhafte Gefühl, dass diese Zeit für immer vorbei ist.

Den ganzen Tag war sie traurig, bis sie mittags auf dem Balkon sass und plötzlich der Himmel sich in einem riesen Gewitter entlud! Sie sass nur da und genoss es, liess mit dem Donner, den Blitzen und dem Regen all ihren Schmerz und ihre Angst los. Abrupt war Schluss mit Geniessen, als Lilith erfuhr, dass überall Keller geflutet wurden von den Regenmassen. Dies hatte sie nun gar nicht gewollt!

Abends sah sie ihren Luzifer dann wieder, als sie astral ging. Aber er war irgendwie anders... Es ging eine Gefahr von ihm aus...
Sie wusste, die Welten befanden sich in eben jenem Krieg, von dem Luzifer ihr damals schon erzählt hatte. Er sagte damals, 2011, zu ihr: „Es wird ein Krieg kommen, in dem Himmel und Hölle Seite an Seite kämpfen werden." Sie hatte

damals nichts damit anfangen können, er hatte nicht mehr dazu gesagt, aber seit Anfang diesen Jahres tobte ja tatsächlich ein Krieg. Ein Krieg, nicht mit Waffen geführt, sondern viel schlimmer, mit Angst und Manipulation.
Es tauchte dann ein zweites Wesen neben Luzifer auf, aber Lilith war zu gehemmt, konnte nicht angreifen, war es doch ihr Luzi der da vor ihr stand! Dann packte sie jemand um die Taille und zog sie mit sich fort. Als sie sich umdrehte, erkannte sie Cobi, ihren Vertrauten, ihren Kampfpartner, den sie seit 2004 kannte in diesem Leben. Er erzählte ihr, dass der Krieg nun in der Astralebene angekommen sei, und deshalb keiner momentan Astralreisen machen solle, da es zu gefährlich war. Luzifer und Lilith konnten über ihre Verbindung kommunizieren, mehr sei im Moment nicht möglich. Wie lange dies dauert, konnte Cobi nicht sagen. Dann wurde er hektisch, witterte Gefahr, und schickte Lilith in ihren Körper zurück.

Die Verbindung war da, aber Luzifer fehlte ihr so unendlich! Und das Lied „Last Unicorn" quälte sie zusätzlich jeden Abend. Also löschte sie es aus dem Stick raus, der im Player steckte.

Am nächsten Tag zeigte ihr das Universum, dass nichts unmöglich ist...
Sie wachte nachts, um 2:22 Uhr auf, weil „Last Unicorn" lief! Und zwar gleich zweimal hintereinander!! Dabei hatte sie den gesamten Stick durchsucht und dieses Lied komplett gelöscht. Sie forschte dann nach Bedeutungen, und wurde fündig: 222 bedeutet, dass Manifestationen von Erfolg gekrönt sind, dass man den Glauben an die Liebe bewahren soll, auch wenn es im Aussen anders aussieht. Des weiteren ergibt 2+2+2=6, umgedreht 9. Die 9 ist sowohl die Vollendung, als auch Luzifers Zahl, denn 6+6+6=18 und 1+8=9. Dies alles ausgerechnet in Verbindung mit DIESEM Lied!

Am 7. September konnten sich Lilith und Luzifer endlich wieder sehen. Es war so schön, er war den ganzen Tag astral bei ihr, abends trafen sie sich dann astral und holten alles nach.

Zwei Tage später sprach sie mit Vlad, holte sich Rat was sie tun sollte. Sie hatte schon länger das Gefühl, sich von der „weissen" Seite in sich zu verabschieden, komplett zu ihrem „schwarzen" Wesen zu stehen, und Vlad bestätigte ihr diesen Impuls.

Einen Tag später träumte sie von ihrem Luzi, aber das Einzige was präsent blieb war der Satz: „Wir versuchen es nochmal."

Am 11. September zog Luzifer an ihr, sie zog daraufhin an ihm, so ging das Spielchen dann eine ganze Weile. Irgendwann gab sie nach, legte sich ins Bett und besuchte ihren Luzi. Er war ganz aufgeregt, da ihr vorheriger Raum nicht mehr existierte, hatte er nämlich beschlossen, sie komplett in ihrem gemeinsamen Reich zu integrieren. Den Anstoss hatte sicherlich auch ihr Entschluss gegeben, sich vollkommen als das zu akzeptieren was sie war:

Lilith, die Frau des Teufels und Herrscherin der Hölle.

Der 14.9.2020 sollte dann nochmal ein besonderer Tag werden...

Denn an diesem Abend sagte Lilith ihrem Luzi, dass sie bereit ist ihren Platz einzunehmen, an seiner Seite zu herrschen.
Er führte sie stolz zu den Thronen, dort überkam sie dann doch nochmal kurz Angst. Sie erklärte ihm, dass sie vollkommen bereit ist dazu, aber da war eine Angst in ihr drin... Konnte er sie wirklich noch lieben, wenn sie nicht mehr die war, in die er sich damals 2007 verliebt hatte? Er lachte und sagte: „Ich habe die Herrscherin schon immer in dir gesehen, ich werde dich immer lieben. Ich kann gar nicht anders." Er erklärte ihr auch, dass die Veränderung weit weniger ausfallen würde, als sie es jetzt denkt. Denn sie war ja schon immer Lilith, und nur weil sie sich nun dazu bereit fühlte, in diesem Leben dies anzunehmen, verändert sie sich nicht.
Also atmete sie einmal tief durch, dann nahm sie Platz. Ein Schauer durchfuhr sie, voller Kraft, Freude, Stolz und Liebe. Eine Macht fühlte sie in sich, von der sie bisher nur ansatzweise geahnt

hatte. Und als sie zu Luzifer rüberschaute, erkannte sie in seinen Augen tiefe, unerschütterliche Liebe und Stolz.

Vier Tage später erfuhr sie, dass er gar nicht in Facebook reinkommt, also ihre ganzen Nachrichten nicht lesen kann.

Einen Tag später wurde ihr durch eine Kartenlegung in YouTube bewusst, dass da bei ihnen beiden noch Ängste vorherrschen, die Legung war wie auf Lilith und Luzifer zugeschnitten:
Sie waren mal zusammen, aber es wurde von aussen manipuliert. Er liebt sie noch immer, ist aber momentan blockiert, durch Frau etc. Sie ist unsicher, was sie wirklich will. Und Lilith fiel es wie Schuppen von den Augen: Ja, sie wollte Luzi mehr als alles andere, aber sie hatte auch wahnsinnige Angst vor den Veränderungen, die dies mit sich bringt. Ihre Freiheit aufgeben, mit jemandem zusammenwohnen mit allen Konsequenzen, etc.

Als sie am nächsten Abend zu Luzifer kam, lag er aufm Bett, Kissen im Arm, halb aufm Bauch. Sie legte sich zuerst hinter ihn, nahm ihn in den Arm. Dann bewegte sie sich über ihn, dass sie sich in die Augen schauen konnten. Er war traurig, frustriert, sauer, dass er an seine Daten nicht rankommt. Lilith tröstete ihn, sagte: „Hey, du bist der Teufel, du findest einen Weg. Glaub an dich!" Er nahm sie ganz fest in den Arm, kuschelte sich an sie, und bedankte sich dafür, dass sie ihn nicht nur annahm wie er ist, sondern darüber hinaus ihn genau dafür sogar liebte. Sie küssten sich und schmusten, wurden irgendwann auch heiss aufeinander. Er aber grinste und sagte: „Der da unten hat jetzt nix zu melden!" Das fand sie unheimlich süss, es muss ja auch nicht immer in Sex enden. Sie schliefen dann irgendwann ein, ineinander verschlungen, er halb auf ihr.

Ende September sass Lilith aufm Balkon, und schaute sich ihr Hintergrundbild im Handy an. Luzifers Lieblingsfoto von sich. Dieses Bild war etwas Besonderes für sie, manchmal sprach es über seine Augen mit ihr. Diesmal zeigte ihr das Bild ganz deutlich, dass sie zusammengehören, es fühlte sich an, als wären sie es bereits körperlich. Sie fühlte sich, als käme er jeden Augenblick zur Tür rein, nach Hause. Er gehört zu mir, genau das sagte das Foto heute zu ihr. Sie überkamen eine Menge Gefühle, Vertrauen, Ruhe, Frieden, Liebe, Glück, Gewissheit, und vieles mehr.

Dieses Gefühl hielt dann einige Tage an.

Der 1.10.2020 war dann wieder ein Augenöffner. Mittags war sie unterwegs gewesen, und sah auf dem Heimweg jemanden neben sich laufen, in schwarzer Hose und schwarzen Schuhen. Da sie Musik im Ohr hatte, drehte sie sich um, um zu schauen wer das ist, ob sie denjenigen kennt. Aber da war niemand! Sie wusste instinktiv, dass es Luzifer gewesen war.

Abends ging sie astral zu Vlad, wegen ihrer Mutter. Dort erfuhr sie dann, dass sie eine unendliche Macht in sich hat, und Luzifer bisher immer, in jedem ihrer vergangenen Rituale, diese abgeschwächt hatte, da sie bisher nicht bereit dafür war. Es hätte sie zu sehr erschreckt. Dass er das getan hatte, wusste sie. Naja, von einem Mal wusste sie. Damals hatte ihre Mutter sie gebeten, gegen die Exfreundin ihres Bruders vorzugehen. Das war 2012 gewesen, kurz bevor Luzifer sie das letzte Mal verlassen hatte. Sie hatte damals das Ritual gemacht, und einen Tag später hatte diese Frau einen Unfall gehabt. Luzifer hatte sie dann angerufen, und sie gefragt was sie sich denn dabei gedacht hatte, und ob ihr bewusst war, dass diese Frau gestorben wäre, hätte er nicht eingegriffen. Sie erinnerte sich daran, ja. Was sie aber damals nicht gewusst hatte: Er hatte ihr das nie gesagt, wenn er das getan hatte. Nur dieses eine Mal sagte er es ihr… Weil er sie aus dem negativen Umfeld ziehen wollte, in dem sie damals hing. Sie war immer von Menschen umgeben, die sie kleinhalten wollten, und damals war sein Schmerz, das mit anschauen zu müssen, zu gross geworden. Indem er ihr sagte, was er getan hatte, hoffte er, ihr die Augen zu öffnen, sie zu wecken. Leider hatte es nicht geklappt, sie war zu sehr gefangen in diesem Umfeld, in ihren Selbstzweifeln. Dies war dann mit ein Grund für sein Aufgeben, seinen erneuten Rückzug gewesen. Trotzdem sind und bleiben sie eins, Luzifer und Lilith werden immer verbunden sein.

Einige Tage später wurde Lilith wieder depressiv. Luzifer war astral bei ihr, eigentlich war alles schön. Aber ihr fehlte das körperliche, und das sagte sie ihm. Sie wollte ihn spüren, fühlen, riechen, schmecken. Sie wusste, das Seelische ist wichtiger als das Körperliche, aber das Körperliche fehlte ihr grade unendlich! Es machte sie krank, er wusste alles von ihr, konnte bei ihr ein und ausgehen, und sie wusste kaum was von ihm, was er körperlich so treibt. Ob vielleicht eine andre, trotz seiner Beteuerungen da läuft nix, genau das hat, was ihr so fehlt: Seine Nähe, seine Umarmungen, seine Küsse, seine Liebe… Er war irgendwann weg…

Am 9.10. erfuhr Lilith, dass ihre Mutter Metastasen im Kopf hatte. Das haute sie um.

Erst war es Darmkrebs, und jetzt das. Lilith hatte ihre Mama vor Chemo gewarnt, dass diese mehr zerstört als nur den Krebs. Ihre Mama hatte sich trotzdem dafür entschieden, wohl auch weil Liliths Bruder sie dazu drängte. Dieser hatte Lilith nämlich vorgeworfen, sie wolle dass ihre Mutter stirbt, weil sie gegen die Chemo war… Luzifer war plötzlich wieder da, grade als es ihr so schlecht ging. Er wusste es irgendwie immer, wenn sie ihn brauchte, und dafür liebte sie ihn umso mehr. Er gab ihr Kraft, wärmte sie, war immer um sie rum. Selbst in die Dusche ging er mit, und verströmte dort seinen Duft, damit sie es auch ja bemerkt. Das fand sie so süss von ihm.

Lilith fuhr vier Tage später zu ihrer Mutter nach Karlsruhe, um sie zu unterstützen, bei ihr zu sein. Die ganze Zeit war Luzifer um sie rum, stand ihr bei. Lilith hoffte, auf der Geburtstagsfeier ihres Bruders auch ihn zu sehen, aber er kam nicht. Das, und dazu die Sorgen und Angst um ihre Mutter, liessen Lilith durchdrehen. Sie verwehrte sich Luzifer, schickte ihn weg. Ihre Mutter wollte wissen, ob Lilith ihr den Wunsch erfüllen würde, die Maschinen abstellen zu lassen nach der Hirn-OP, wenn etwas schieflief. Lilith versprach es, da sie aus eigener Erfahrung wusste, wenn man nichts mehr selbst tun kann, das ist kein lebenswerter Zustand.

Sie war selbst mal durch eine Impfnebenwirkung in einen Gelähmtheits-Zustand geraten, konnte nicht laufen, nichtmal selbst essen. Deshalb konnte sie ihre Mutter verstehen, und deshalb konnte sie ihr dieses Versprechen geben. Ihr Bruder tobte und drohte, aber Lilith blieb dabei. Glücklicherweise kam es nicht soweit...
Die OP ihrer Mutter wurde immer wieder verschoben, so oft, dass Lilith am Tag der OP dann nach Hause musste, da sie einen wichtigen Termin wahrnehmen musste. Ruhe hatte sie keine, wäre am liebsten geblieben, aber ihre Mutter sagte, sie hat ein gutes Gefühl, und Lilith kann beruhigt fahren.

Am Abend vor der OP und Lilith´s Abreise
geschah etwas, das sie komplett durcheinander
machte: Ihr Stiefvater machte sich bettfertig,
und stand dann an der Schlafzimmertür. Lilith
bemerkte dass ihn etwas beschäftigt, wusste ja
auch, dass er sich Sorgen machte. Sie blieb bei
ihm stehen, versuchte ihm Mut zu machen. Da
kam er etwas auf sie zu, und sie nahm ihn in den
Arm, wollte ihn trösten. Und er legte seine
Hände auf ihren Po, und meinte sie könne ja bei
ihm im Bett schlafen! Lilith schob ihn von sich,
und sagte: „Nein! Niemals, du bist der Mann
meiner Mutter, du bist wie ein Vater für mich!"
Er meinte, er sei aber nicht ihr Vater, sie seien
nicht verwandt, es sei also nichts dabei. Nein,
Lilith verzog sich auf ihr Sofa, geschockt von dem
Verhalten. Kurze Zeit später kam er wieder raus,
kam ins Wohnzimmer, und wiederholte seinen
Satz. Lilith verneinte wieder. Diese Nacht fand
sie keinen Schlaf, zum Einen ihre Mutter kurz
vor einer Hirn-OP wissend, dazu einen Stiefvater
der sie anbaggerte…
Sie war froh, als die Nacht vorbei war und der

Kumpel kam der sie heimfuhr. Er wollte ein Tattoo von ihr, und so bot sich diese Lösung an, hatten beide was davon.

Die OP verlief gut, der Termin war auch schnell erledigt, so kehrte wieder Ruhe in Lilith´s Leben ein. Ruhe die sie mit Luzifer verbrachte, hatte ihm ja einiges zu erklären. Er verstand sie, hatte sie die ganze Zeit nie wirklich verlassen. Sie wuchsen immer enger zusammen, er vertraute ihr immer mehr. So wusste sie, dass er zwar bei der andren wohnt, aber quasi in einem anderen Zimmer.

Der 17.11.2020 wühlte wieder so viel auf. Gabriel war bei Liliths Bruder gewesen, und schrieb Lilith dann, ihr Bruder habe die ganze Zeit Kontakt zu Luzifer gehabt, aber dieser wolle keinen Kontakt zu Lilith. Angeblich habe Lilith Luzifer belästigt, und darauf habe er keinen Bock. Lilith war in Tränen aufgelöst, konnte sich das nicht erklären. Einerseits war da dieses Wissen, sie WUSSTE sie hatte ihn nie belästigt,

wenn dann 2009, und da war er ja
zurückgekommen 2011. Aber andrerseits riss es
sie entzwei, was wenn das stimmte? Wenn ihr
Luzi sie hasste, nie wieder was von ihr wissen
wollte? In ihrer Verzweiflung schrieb sie einen
Hilferuf in ihrer spirituellen WhatsApp Gruppe.
Biggi schrieb sie an, bot ihr Hilfe an. Also
schüttete Lilith ihr das Herz aus. Und Biggi hatte
die richtigen Worte, die richtigen Wege. Zeigte
ihr, wo ihre Ängste und Unsicherheiten lagen,
was da jetzt angetriggert wurde:
In ihrer Kindheit bekam Lilith immer wieder das
Gefühl, zu stören, zu nerven. Sei es von ihrem
damaligen Stiefvater der 1992 starb, oder von
dessen Sohn der damals ein Jahr älter als Lilith
gewesen war. Sie war damals grade 9 Jahre alt,
als ihre Eltern sich trennten. Kurz davor wurde
auch ihr Bruder geboren. Dann der Umzug zu
dem „alten" Mann und seinem Sohn. Das allein
riss schon tiefe Wunden, und dann hatte ihre
Mutter aufgrund des Babys keine Zeit, der Sohn
des Stiefvaters lauerte ihr in ihrem Zimmer auf,
spionierte ihr nach, sperrte sie aus dem Haus

aus. Wenn sie was sagte wurde ihr nicht geglaubt. Wenn sie mal lachte, weinte, oder wütend war, bekam sie zu hören sie stelle sich an und solle nicht nerven. Das alles war schuld daran, dass diese, wohlgemerkt garantiert verlogene, Aussage nun so dermassen triggern konnte. Biggi machte sie auch auf verborgene Ängste aufmerksam, und gab ihr den Tip, diese sich in allen Einzelheiten vorzustellen, mit dem schlimmsten Ausgang, und zu durchleben. Die schlimmste Angst gerade? War für Lilith, dass das Gerede stimmte. Also malte sie es sich aus, egal wie schmerzhaft es war. Sie ging durch diesen Horror. Danach die Angst, was wenn er Kinder hat mit einer andren? Auch durch diese Angst ging sie durch, durchlebte diesen Schmerz in aller Grausamkeit. Sie ging gestärkt daraus hervor. Tränenverschmiert, kraftlos in Körper, Herz und Seele, aber frei von Ängsten. Denn, auch wenn sie sich körperlich nie wieder trafen, in ihrem Herzen, ihrer Seele, waren sie immer verbunden, immer eins. Und mehr hatte sie ja im Moment auch nicht.

Und Biggi gab ihr noch einen Hinweis: Da Lilith ihren Bruder auf Luzifer angesprochen hatte, könnte ja sein dass dieser Kontakt aufgenommen hatte. Und dass Luzifer so sprach, um sich selbst zu schützen, für sich eine Mauer aufzubauen vor den Gefühlen. Denn, Lilith hatte ihm mehrfach wehgetan, er hatte wahrscheinlich genausoviele Ängste wie sie.

Am 19. November kam Luzifer wieder zu Lilith, kitzelte sie, und neckte sie so lange, bis sie astral zu ihm kam. Als sie später wieder in ihren Körper zurückging, fühlte sie sich wieder so komisch. Mittlerweile wusste sie aber, dass dies immer dann ist, wenn ein Teil ihrer Seele in der Astralwelt blieb. Also verband sie sich damit, und lag tatsächlich bei Luzifers Körper! Da hatte er sie hingebracht, welch ein Vertrauensbeweis! Sie kuschelte sich an ihn, er lag im Dunkeln, es ging ihm offensichtlich nicht gut. Irgendwann musste sie in ihren Körper zurück, und als sie gehen wollte griff er nach ihr, wollte sie festhalten! Da Gabriel sagte, er habe das Gefühl Luzifer sei krank, irgendwas am Kopf, OP, so

Sachen (Lilith hatte ja dies nicht erst mit ihrer Mutter durch...), sprach Lilith abends astral mit Luzifer. Dankte ihm für das Vertrauen, sie zu seinem Körper gebracht zu haben, und fragte was los sei, ob er traurig sei, oder krank? Da sagte er ihr etwas, das sie zwar süss fand, aber auch wahnsinnig traurig: „Wenn ich in meinem Leben, meinem Körper, glücklich wäre, dann wäre ich nicht so oft hier, bei dir, astral unterwegs." Dann fragte sie ihn, ob er krank sei? Er war verdutzt, wollte wissen wie Lilith darauf käme. Sie erzählte ihm dann von Gabriels Verdacht. Luzi schaute sie verdutzt an und sagte: „Das einzige was an meinem Kopf nicht stimmt, sind meine Hörner. Die wollen so oft raus wenn ich das nicht will!" Lilith musste lachen, das war wieder typisch Luzi.

Lilith bat ihn dann aber, mit ihr in die astralen Heilbetten zu gehen, um mal schauen und heilen zu lassen. Er war einverstanden, also machten sie sich auf den Weg. Legten sich dann zusammen in eins, war zwar eng aber kuschlig.

Sehr sehr hell und warm, aber innerhalb Sekunden war Lilith eingeschlafen.

Am nächsten Tag fühlte sie sich müde und schlapp, Luzifer sagte sie solle sich ausruhen, zu ihm aufs Sofa kommen, also tat sie das.

Später triggerte Gabriel wieder. Er schrieb, Luzifer habe einen unheilbaren Hirntumor! Luzi bekam Panik, Lilith auch. Er drückte sich an sie, sie versuchte ihn zu beruhigen. Keiner der beiden kam auf die Idee, dies zu hinterfragen, da sie total in Panik waren. Also gingen sie abends wieder in die Heilbetten, obwohl man da nicht täglich hinsoll. Wieder in eines gemeinsam, Luzi fing plötzlich an sie zu streicheln und zu küssen. Zuerst meinte Lilith, das können sie nicht bringen, hier Sex zu haben. Aber als Luzifer dann sagte, es könne das letzte Mal sein, wo sie sich so nah sein könnten, gab Lilith nach.

Am nächsten Tag zog Luzifer extrem an ihr, sie gab nach. Er glühte regelrecht, und war panisch wegen seiner Aussage am Tag zuvor. Dachte er habe damit etwas heraufbeschworen. Lilith nahm ihm die Angst, beruhigte ihn.

Später kam ein Lied in einer Serie, „Bring me to life", das weckte Erinnerungsgefühle in Lilith. Aber sie konnte die Erinnerung nicht fassen. Luzifer hatte ja 2012 fast alles gelöscht, als er die Hoffnung verloren hatte.

Am 22.11. war Luzifer spielerisch drauf und machte Faxen mit Lilith. Diese bat ihn, Gabriel in die Heilbetten zu bringen, da Gabriel nicht selbst astral reisen konnte. Er versprach es. Nach einer ganzen Weile, Gabriel hatte ja gewartet und immer wieder bei Lilith nachgefragt, rief diese Luzifer und erinnerte ihn daran. Da raunzte er sie total an, das hätte er schon noch getan, und ob er denn jetzt wenigstens ein paar Minuten bei ihr bleiben dürfe und ausruhen? Sie blieb ruhig, sagte: „Natürlich darfst du das!" Er war trotzdem kurz danach weg, und sie wurde sauer. Warum raunzte er sie so an???

Die Erleuchtung liess nicht lange auf sich warten: Wahrscheinlich musste er körperlich alles erledigen für die andre, die hetzte ihn wahrscheinlich rum, und Lilith hatte dies nun getriggert!

Luzifer hatte wohl bemerkt, dass Lilith sauer ist, und zupfte irgendwie an ihrem Solar Plexus rum. Sie wusste ja, dass er unter jeder Trennung litt, und ohne das Löschen der Erinnerung keine andre hätte heiraten können. Trotzdem machte es sie wütend, dass er den Ärger über die andre an ihr rausliess.

Er kam dann auch bald zu ihr, sie tat als bemerke sie es nicht. Er machte immer mehr Hitze, sie ging dann irgendwann ins Bett. Zuerst lag sie mit dem Rücken zu ihm, aber irgendwann drehte sie sich um. Er hatte wohl Schuldgefühle, jedenfalls war er sehr zögerlich ihr gegenüber.

Einige Tage später sah Lilith wieder eine Kartenlegung, in der es hiess, der Herzmensch wird wohl bald kommen und ihr was schenken, das für ihn sehr viel Wert hat. Natürlich hoffte sie auf Silvester...

Am 28.11. schrieb Lilith mit Gabriel, erstellte nebenbei ein Zippo für Luzifer, mit ihrem gemeinsamen Foto drauf und den Worte Amor Aeternus, ewige Liebe. Gabriel wollte ein Tattoo, einen Engel mit Schwert, und Lilith suchte nach Motiven. Und fand dabei einige die etwas in ihr weckten... Erinnerungen an frühere Leben...

Gabriel hatte wohl gegen Luzifer gekämpft, im Auftrag von deren Vater. Und Lilith fiel ein, dass sie dazwischen gegangen war, Luzifer schützen wollte, und versehentlich von Gabriel getötet wurde. Und ein andres Mal wollte Luzifer Lilith deshalb schützen, war unvorsichtig, und wurde von Gabriel getötet. Lilith hoffte, dass die beiden in diesem Leben wenigstens Freunde sein konnten.
Abends als sie astral bei ihm war, sagte Luzifer, sie solle sich mit dem Rauchen beeilen, er hat eine Überraschung für sie. Also beeilte sie sich, und ging zurück. Die Überraschung war gelungen, er brachte sie zu seinem Körper, und blieb dann bei ihrem Körper.

Am nächsten Tag fragte Lilith, wie sie den Teil von Luzifer, den er ihr damals 2009 gegeben hatte um die Trauer zu überleben, nutzen könne. Er meinte, das sei ganz einfach, sie müsse es nur integrieren. Aber eine Angst würde sie davon abhalten. Lilith überlegte, welche Angst das sein könne, und irgendwann erlöste Luzifer sie: Es war die Angst, noch enger mit ihm verbunden zu sein...

Tags darauf bat sie ihn, ihr zu helfen. Er gab nach, und sagte sie solle sich entspannen, was sie tat. Plötzlich raunte er in ihr Ohr: „Hast du denn nix gelernt? Ich sagte dir doch, du sollst dem Teufel nicht vertrauen!" Sie entgegnete zärtlich: „Das tu ich aber, ich vertraue dir. Und zwar voll und ganz, denn ich weiss du würdest mir niemals was antun!" Dann hatte sie plötzlich krasse Schmerzen am Herzen, und Geziepe am Solar Plexus. Danach ging es ihr richtig gut, sie ging dann zur Post, und fühlte Luzifer bei sich. Abends schrieb sie mit Gabriel, erzählte ihm von mittags, und zusammen überlegten sie was das ändern könne. Gabriel meinte, wenn sie den Teil beherrscht, könne sie Luzifer lenken. Und dieser sagte: „Der is gar nich so blöd der Kerl!" Sie blödelten dann noch ne Weile rum, dann ging Lilith rauchen. Luzifer kam mit, sass hinter ihr, und drückte sich an sie ran, da ihm kalt war. Lilith überlegte, ob sie mit dem Teil vielleicht sogar die Erinnerungen zurückholen könne... Dann fiel es ihr wie Schuppen von den Augen: Erinnerungen sind die Vergangenheit, und indem sie immer daran denkt und darum kämpft, hängt sie dort fest und kann die Gegenwart gar nicht geniessen! Gabriel gab ihr recht, und meinte, sie könne eh bald neue Erinnerungen mit Luzifer erschaffen.

Am 1. Dezember hatte Lilith von Zwillingen geträumt, Mädchen und Junge. Der Junge hatte zwei Hörner, das Mädchen hatte eines. Luzifer sagte im Traum, Lilith solle sich erinnern, sie kenne seine Hörner, die sehen genauso aus. Lilith dachte über die Bedeutung nach, der Junge, also Luzifer, hat und weiss alles, deshalb zwei Hörner. Das Mädchen, sie selbst, ist dabei zu lernen, deshalb ein Horn.
Mittags waren sie sehr stark verbunden, Lilith lernte langsam, ihn ganz anders wahrzunehmen.

Abends brachte er ihr bei, die Gedanken abzustellen und nur zu fühlen. Dann gingen sie in ihr gemeinsames Reich, und Lilith nahm dieses nun ganz anders wahr. Ihre Herzen waren verbunden, ihre Seelen waren verbunden... Und dann erkannte sie es: Luzifer hatte ihr damals nicht wie sie dachte, ein Teil seiner Seele gegeben, sondern ein Teil seines Herzens! Und nahm dafür ein Teil ihres Herzens, er nahm ihren Schmerz und gab ihr dafür Liebe! Sie lagen sich in den Armen, küssten, streichelten, liebten sich. Und fluteten sich diesmal gegenseitig mit ihrer Essenz.

Am nächsten Tag dann vertraute sich Luzifer ihr an, erzählte ihr von seinen Ängsten. Er hatte sie astral mal gesucht, und gefunden, und sie hatte ihn aber komplett ignoriert. Das war 2012, kurz bevor er die Erinnerungen löschte. Und als sie ihn dann im Juli rief, hatte er gedacht sie will ihn angreifen. In diesem Zusammenhang würde das Gerede ihres Bruders sogar noch mehr Sinn ergeben...

Tags drauf war Luzifer total gelöst und fröhlich. Wie damals 2009 sang er sein „Pimmelmann" und andres, sie lachten eigentlich den ganzen Tag und blödelten rum. Es war herrlich, Lilith genoss diese Spielereien, diese Unbeschwertheit.

Am 4.12. las Lilith in einem Buch, dass Luzifer im momentan herrschenden Krieg wohl eine zentrale Rolle habe, und schrieb darüber mit Gabriel. Und dieser offenbarte ihr, dass er den Auftrag bekommen hatte, Luzifer zu töten! Dies löste eine neue Welle Erinnerungen, Wissen aus: Nicht er, nicht die Hölle, die Dämonen, sind böse. Nein, das wahre Böse ist seit Jahrtausenden als Wolf im Schafspelz unterwegs und tarnt sich als das Gute! Und das eigentlich sehr schlecht... Denn, in Gottes Namen werden Kriege geführt, Menschen ermordet (man denke nur an die Hexenjagden), etc. So etwas wurde noch niemals in Luzifers Namen veranstaltet! Ganz im Gegenteil, ihm wird auch von der angeblich guten Seite alles Schlechte angedichtet. Das also war gemeint, mit dem Satz: Oben ist unten, der überall genannt wurde zur Zeit!

Abends dann wollte sie sich beraten, Kriegsrat halten. Luzifer wollte es nicht. Da fiel ihr auf, wie sehr er immer noch, trotz der Hetze, der Angriffe, der Morde, seine Familie liebt! Er würde lieber sterben, als seine Familie anzugreifen. Das machte ihn nur noch liebenswerter.

Wie oft wachte sie nachts, oder morgens, auf, den Kopf voller Gedanken. Und jedesmal drehte sie sich zu ihm um, und fühlte sich sofort geborgen und in Sicherheit, als wäre er körperlich bei ihr. Jedesmal konnte sie so das Gedankenkarussell stoppen. Nur vermisste sie ihn, trotz aller seelischen Nähe, körperlich so sehr, dass es wehtat. Sie genoss was sie hatte, und litt trotzdem unsägliche Qualen der Einsamkeit.

Das 12:12 Portal begann schmerzhaft. Sie hatte geträumt, ihr Luzi sei körperlich mit einer Blondine glücklich. Aber sie zog sich aus dem Schmerz, indem sie begann auszumisten, ihre Wohnung für ihn schön einzurichten, ihn zu integrieren als sei er schon da. Dazu spielte sie Musik, die er ihr 2011 gegeben hatte.

Als sie dann am Nachmittag am Boden sass und einen ganzen Haufen Dinge im Internet inserierte, begann das Lied „Sweety Sweety", und es fühlte sich ganz plötzlich an, als sei er körperlich hier. Genau wie damals, 2009. Als käme er jeden Moment zu ihr um sie zu umarmen, als könne sie ihn sehen wenn sie sich umdreht. Sie legte das Lied also auf Dauerschleife, und genoss dieses schöne Gefühl. Abends nutzte sie die Stimmung zum Meditieren. Aber keine geführte Meditation, nein, sie machte das erste Mal ihre ganz eigene Meditation. Legte sich aufs Sofa, leerte ihren Kopf, und begann dann über ihre ganz eigene Herzensverbindung, mit Luzifer zu kommunizieren. Sie erzählte ihm, wie sehr sie

ihn liebte, wie leid es ihr tat dass sie ihn so
verletzt hatte, und auch dass sie verstehen
würde, wenn er sie verletzt. Sie aber genau
wisse, das würde er nicht wollen. Und dann
begann von alleine ein Film in ihrem Kopf
abzulaufen:

Er kam zu ihr, sie stand an der Tür, wartete dass
er hochkam. Dann lagen sie sich in den Armen,
endlos lange, bis er irgendwann fragte ob sie ihn
nicht mal loslassen will. Sie sagte daraufhin:
„Nein, niemals mehr" und küsste ihn.

In diesem Moment sah sie selbst durch ihre
geschlossenen Augen ganz viele Lichter, und
begann sowohl in ihrem Film als auch körperlich
zu weinen vor Glück. So sehr war sie in diesem
Moment, dieser Manifestation ihrer tiefsten
Träume und Wünsche.

Wintersonnenwende 2020, der 21.12., war genauso magisch für Lilith. Sie machte bei einer geführten Meditation mit, dort sollte man sich sein perfektes Leben vorstellen. Ihr perfektes Leben, das war einfach: Egal wo, Hauptsache mit ihm! Mit ihm einschlafen und aufwachen, mit ihm kochen, backen, einkaufen gehen, mit ihm lachen und weinen, streiten und lieben. Einfach nur leben mit ihm, ihn in ihrem Leben haben. Das wäre ihr perfektes Leben, Seite an Seite, Tag und Nacht, seine Frau sein dürfen.

Auch diesmal fühlte sie es so sehr, dass Freudentränen liefen, Tränen der Dankbarkeit, dass sie beide es geschafft hatten endlich, nach vielen vielen Leben.

Nach der Meditation schaltete sie einen Film an, schaute eine Weile. Irgendwann machte sie Pause, und ging auf den Balkon, eine rauchen. Als sie auf dem Balkon sass, und ihr Handy entsperrte, war da ein Gefühl. Es kam unvermittelt, ohne ihr Zutun, ohne einen Gedanken von ihr: Sie entsperrte ihr Handy, um ihm zu schreiben. Als sei es das Normalste der

Welt, was es in diesem Moment, diesem Gefühl, auch wahr. Es war, als seien sie bereits körperlich ein Paar, es fühlte sich an wie früher, und doch anders... Neu und doch vertraut... Dieser Moment, dieses Gefühl, zeigte ihr, dass alles gut wird, dass sie zusammenfinden wieder. Und es machte sie unsagbar glücklich!

Heiligabend war die Hölle für sie. Nicht weil es Weihnachten war, das hatte sie nie gemocht. Aber sie bekam den Impuls, nochmal auf sein Profil zu gehen. Und als wenn sie geführt wurde, scrollte sie durch seine Interessen etc, und fand dann tatsächlich ein Foto von ihm. Es war aus dem Jahre 2013, ca ein Jahr nach dem Kontaktabbruch. Und er hatte eine andre im Arm! Er sah unglücklich aus, hatte tiefe Augenringe, kein Glück in den Augen, aber eine Andre an seiner Seite! Und was für eine... Lilith sah sofort die Verschlagenheit, die Falschheit, in deren Augen. Er tat ihr leid, so ein niederträchtiges Wesen an seiner Seite zu sehen war schlimm. Sie hoffte inständig, dass er es erkannt habe, und dies nicht lange gegangen war. Eigentlich hätte er es erkennen müssen, denn dumm war er nie gewesen, und ausserdem war er der Teufel. Aber, wenn er es erkannt hätte, dann hätte er sich gar nicht erst drauf eingelassen…

Ja, Lilith kannte ihren Luzi, und genau dieses Foto zeigte ihr, dass etwas ganz und gar nicht stimmte mit ihm….

Silvester musste sie zum Glück mal ausnahmsweise nicht allein verbringen, Gabriel kam sie besuchen.

Der Tag war ja immer schlimm für sie, jedes Jahr kam der Schmerz hoch, damals ihrem besten Freund nicht die Hand zur Versöhnung gereicht zu haben. Sie hatte damals bitter gelernt, wie schnell ein Leben vorbei sein kann. Mauli war erst 39 gewesen, als er starb. Keiner hätte auch nur im Ansatz damit gerechnet, er war ja gesund und munter. Wäre er krank gewesen, ja. Aber wer rechnet damit, dass ein gesunder junger Mensch einfach so in seiner Gartenhütte, quasi Zuhause, mal eben in Flammen umkommt?? Gabriel lenkte sie ab, war aber auch für sie da wenn sie traurig wurde. Sie tranken auf Mauli, wie sie es immer tat. Nur diesmal hatte sie jemanden, der mit ihr Erinnerungen austauschte, ihr zuhörte. Gabriel hatte Mauli auch gekannt, und auch er konnte es nicht fassen dass dieser so früh gehen musste.

Irgendwann im Laufe dieses Besuches machten sie auch Fotos. Lilith wollte ein paar schöne Fotos haben, die sie dann ihrem Luzifer schicken konnte wenn er sich meldet. Es wurde eine lustige Session, es kamen auch ein paar sexy Fotos dabei raus.

Sie hatte so viel gelernt in diesem Jahr, ihren Luzi wiedergefunden (wenn auch nur seelisch), sie war gespannt und aufgeregt, was das nächste Jahr für sie bereithalten würde.

Nichtmal ansatzweise konnte sie sich aber den Horror ausmalen, der sie tatsächlich erwartete….

Das Jahr 2021 sollte eines der schwersten ihres bisherigen Lebens werden

Das Horrorjahr

Der 6.1.2021 begann eigentlich witzig: Luzifer lag wieder astral bei Lilith, wie fast immer. Morgens bohrte ein Nachbar, was ihn brummig werden liess, „Was fällt dem ein am Feiertag zu bohren, und dann noch früh morgens?" Lilith lachte nur, und erklärte ihm, dass hier in NRW kein Feiertag ist wie in Baden Württemberg.

Einige Tage später wurde ihr eine weitere Angst bewusst: Die Angst, ihn wieder verlieren zu können, wenn er sich körperlich meldet. Sie hatten dann abends astral ein tiefgehendes Gespräch, über Ängste, Kindheit, etc. Lilith erzählte ihm von ihrer Kindheit, und dass manchmal eine Trennung für Kinder das Beste ist, jedenfalls besser als krampfhaft zusammenzubleiben wegen der Kinder. Diese fühlen so viel mehr als man denkt...

Sie wollte ihn loslassen, sie fühlte es ist richtig, teilte ihm das mit. Er aber wollte das nicht, und gestand ihr dann, dass er sie immer „an der

Leine" gehabt hatte... Für sie war es ok, aber sie wollte ihn nicht an der Leine haben, sie wollte ihn frei lassen, dass er selbst entscheiden konnte was er will.

Als Folge davon, schottete er sich ab, blockierte die Herzensverbindung, und übermittelte Lilith sogar das Gefühl, er habe sich mit der andren versöhnt, ihr nochmal eine Chance gegeben....
Lilith fiel in ein tiefes Loch, es tat soo weh! Luzifer fühlte dies, und es tat ihm leid. Das hatte er so nicht gewollt. Er kam zu ihr, redete mit ihr, zeigte ihr die Wahrheit, dass es ganz und gar nicht so ist.

Bis zum 27. Januar war alles gut...
Lilith erfuhr, dass ihr Vater im Sterben lag. Er war krank, ja. Im November war er hier gewesen, da ging es ihm noch gut, kurz danach kam die Diagnose Krebs. Wie bei ihrer Mutter... Auch wenn sie wusste, ihr Vater konnte nicht so kämpfen wie ihre Mutter, so schnell hatte sie mit dem Tod nicht gerechnet... Dabei hatte sie vor zwei Tagen im Traum eigentlich den Hinweis bekommen, es war ein Traum im Traum: Sie sah

viele Blutwanzen, so viele, dass es rot an der Tür runterlief, die sie schloss. Sie erwachte im Traum, und suchte nach der Deutung des Traumes. Es hiess, Blutwanzen deuten einen Todesfall an, und Lilith sagte zu ihrer Mutter: „Das ist Papa!" Dann erwachte sie wirklich, und googelte Traumdeutung Blutwanzen. Die Deutung im Traum stimmte zwar nicht, den Tod ihres Vaters zeigte ihr dieser Traum trotzdem, wie sie im Nachhinein feststellen musste.

Sie telefonierte viel mit ihrer Mutter, und schrieb auch ihrem Bruder. Dieser hatte eigentlich am Wochenende hochkommen wollen, Papa besuchen überraschend. Nun sollte dies nicht mehr gelingen, also machte er sich sofort auf den Weg. Lilith schrieb Papas Freundin dies, in der Hoffnung, ihr Vater würde nochmal Kraft finden in der Aussicht, seine Kinder nochmal zu sehen.

Leider gelang dies nicht, gegen 12:30 Uhr schloss er seine Augen für immer. Ihre Mutter wusste dies, bevor die Nachricht bei Lilith ankam. Er hatte sie besucht, sich verabschiedet.

Lilith erfuhr dann, dass ihr Vater eigentlich für seine Verhältnisse topfit in die Klinik ging, und als Pflegefall zurückkam, keine 24 Std später! Er hatte sich aus Sicherheitsgründen wegen einer anstehenden Untersuchung nachmittags vom RTW abholen lassen, da er zu unsicher auf den Beinen war, um mit dem Auto zu fahren. Als er in den RTW kam, lachte er noch und winkte. Am nächsten vormittag brachte der RTW ihn zurück, als Vollpflegefall! Nicht mehr wirklich ansprechbar, mit Windel, das genaue Gegenteil vom Tag davor.

Als ihre Mutter dies hörte, war ihre erste Aussage: „Oh die haben ihn wohl geimpft!" Ja, dass die angeblich so wichtigen Impfungen, zu denen die Menschen gezwungen wurden, nur Schaden anrichten, das wussten sie. Aber angeblich wurde ihr Vater nicht geimpft, nur getestet beim Ankommen und nochmal beim Verlassen der Klinik. Was an sich schon dreist ist, aber gut. Keiner konnte sich den Verfall erklären, in so kurzer Zeit.

Seine Freundin erzählte dann, dass Papa die

Nacht damit verbrachte, so gut es ging Anweisungen zu geben. So sollte Lilith seine Zippo-Sammlung bekommen, der Stiefenkel einige seiner Sammelautos, etc.
Es tat so sehr weh, Lilith konnte es nicht fassen. Es fühlte sich so irreal an...

Nachts sass Lilith mit ihrem Bruder aufm Balkon, und dachte sich, jetzt ist die Gelegenheit... Sie sprach ihn auf Luzifer an. Und bekam eine neue Version: Ja er habe die Nr, aber er gebe sie ihr nicht, da er nicht wolle dass sie Luzifer nervt. Dieser habe ein Kind, und eine Freundin. Nein er sei nicht verheiratet. Lilith wusste nun, dass alles gelogen war. Besser ging es ihr trotzdem nicht, zu sehr fehlte ihr Luzifer grade jetzt.

Er war ja immer bei ihr, astral, aber er fehlte ihr körperlich. Sie war immer alleine, tagein tagaus, und grade in solchen Situation war das furchtbar für sie.

Bis zum 8.2.2021 war er jeden Tag um sie rum, sie führten sehr viele Gespräche. Unter anderem auch, dass er sie mutig fand, dass sie so weit weg zieht, und trotz aller Schwierigkeiten blieb. Selbst als sie komplett allein dastand, hatte sie nicht aufgegeben, und ist weiter ihren Weg gegangen. Sie wiederum hielt das nicht für mutig. Für sie war mutig, was er getan hatte: In den Krieg gehen. Er meinte aber, das sei nicht mutig gewesen, nur ein Job. Und Angst vorm Sterben hatte er nicht, ganz im Gegenteil, es war ihm sogar egal. Das zeigte Lilith, WIE verletzt er eigentlich ist….

Sie sprachen auch über Fehler, und Vergebung, etc. Und da stellte sich raus, sie gab sich die Schuld an dem Kontaktabbruch, und er wiederum gab sich selbst die Schuld daran… Sie meinte, sie habe ihn ja weggestossen, er meinte ja, aber er habe alles gelöscht… So sahen sie sich beide jeweils selbst als den Schuldigen.
Dabei war es so, dass keiner Schuld hatte, es kam alles so, wie es kommen musste. Und deshalb musste jeder sich zuerst mal selbst vergeben.

Luzifer erzählte Lilith auch, dass ihr Vater mit ihm gesprochen hatte, ihm sagte dass jetzt er auf Lilith aufpassen solle da der Papa es nimmer kann. Lilith fand das einerseits toll, andrerseits tat es sehr weh.

Lilith hatte nun auch den Kontakt zu Gabriel beendet. Er war so oft übergriffig geworden, sobald er zuviel getrunken hatte. Dauernd meinte er, zu wissen was Lilith fühlt, ihr Vorschriften machen zu müssen, oder sie gar für verrückt zu erklären. Ihr alles madig zu machen, und wehe sie funktionierte nicht, wie er das wollte! Beispielsweise wenn er eine vage Andeutung machte, und Lilith fragte nach, bekam sie nur Smileys geschickt, und musste es hinnehmen. Antwort bekam sie nie. Wenn aber sie auf eine Frage seinerseits keine Antwort gab, oder geben wollte, machte er das grösste Theater. Und als jetzt, so kurz nach dem Tod ihres Vaters, von Gabriel mehrfach Nachrichten kamen, in denen er sich lustig machte, oder ihr gar sagte wie gut es ihr ginge, hatte sie die Schnauze voll. Lediglich in Facebook konnte er sie noch erreichen, und das auch nur, weil er einen Handyvertrag hatte, der auf sie lief.

Einige Tage später nutzte der YouTube-Kartenleger, den sie so gern schaute, den sog. Schwarzen Spiegel, um Botschaften zu empfangen. Instinktiv wusste Lilith, diese passen auf Luzifers körperliches Leben: Seit zwei Jahren sei sein Leben extrem schwer, Umfeld/Frau böse, nur Streit und Druck um ihn, alle würden was von ihm wollen, er kann nicht mehr.
Am nächsten Tag wieder der schwarze Spiegel, was der Kartenleger noch nie getan hatte! Diesmal kam, er möchte den Neubeginn, er weiss er hat vieles falsch gemacht. Jetzt möchte er etwas Neues in seinem Leben, möchte Vergebung. Er möchte aus seinem Umfeld raus, es sind falsche Menschen um ihn rum, er sieht diese, sie attackieren ihn, er fühlt sich wie von Pfeilen getroffen. Aber er läuft weiter, und er weiss dass er es schafft. Auch hier fühlte Lilith, diese Dinge passen wieder. Sie konnte es nicht erklären, hatte ja irdisch keinen Kontakt, aber tief drin fühlte, wusste, sie das einfach.

Am 17.2. durfte sie endlich von ihrem Luzifer träumen, also waren die Botschaften, um die sie gebeten hatte, vorbei. Sie machte sich ans Entschlüsseln, und siehe da: Zuerst das Herz öffnen, dann Vertrauen fassen (ins Universum, aber auch in die Verbindung), und dann noch frei machen von Abhängigkeiten und Menschen, dann kann er in ihr Leben kommen.

Passend dazu kam abends wieder der schwarze Spiegel zum Einsatz, mit einer Botschaft für sie: Ihr Herzmensch hat familiäre, hausgemachte Probleme, kennt seit seiner Jugend oder Kindheit keine wirkliche Liebe, sein Verlangen ist nicht nur aufs Sexuelle bezogen, sondern auf ihre Nähe. Ein Geruch war wichtig, was Lilith sofort an das Parfüm denken liess, das er ihr damals 2009 geschenkt hatte, Dolce&Gabbana The One. Und dass er jemanden im Jenseits hat, wo sein Schmerz noch nicht geheilt ist. Lilith wusste, auch dies passte auf ihren Luzi.

Die Verbindung wurde tiefer, sie hatte plötzlich Erinnerungen, die unmöglich ihre eigenen sein konnten. Sie sah Soldaten, Bundeswehr, Kasernenalltag, und damit verbunden eine Sehnsucht, wie die Sehnsucht nach einer vergangenen schönen Zeit. Als sie erkannte, dass dies nicht ihre, sondern seine Gefühle waren, konnte sie es annehmen und ziehen lassen.

Bis zum 9.3.2021 hatte sie ihren Luzi weder bei sich gefühlt, noch astral gesehen. Die Sehnsucht war tief. Also beschloss sie, abends astral nach ihm zu suchen. Sie begab sich in ihr gemeinsames Reich, und zuerst tat es so weh, das verwaiste Bett zu sehen, in dem sie so viele schöne Stunden verbracht hatten. Der Schmerz riss sie nieder. Dann rappelte sie sich auf, und begann ihre Suche. Sie lief durch die Gänge, fühlte ihn plötzlich hinter sich. Doch als sie sich umdrehte, war niemand da. Stattdessen fand sie sich plötzlich in ihrem Körper wieder! Da kam noch eine Angst hoch, wollte er sie dort nicht haben? Hatte er sich wieder komplett von ihr zurückgezogen? Wie damals, 2009 und 2012? Da fielen ihr glücklicherweise die Karten ein, die besagten, diese Gefühle sind nur in ihr, und sie dürfe diese nicht auf ihn projizieren. Also raffte sie sich auf, und begab sich zurück in die Astralwelt.

Sie stand vor einer Tür, hinter der eine Treppe weit nach unten führte. Als sie unten ankam, stand sie in einem riesigen Raum voller Bücher. Plötzlich stand auch Luzifer hinter ihr, und raunte ihr ins Ohr: „Du bist ja ganz schön neugierig!" Als sie sich umdrehte war er weg. Im ersten Moment war sie sauer, dann grinste sie, und stieg die Treppe wieder nach oben. Dort stand er dann, und sie fielen sich in die Arme. Sie fragte ihn, was los ist, weil er kaum noch bei ihr war. Er erzählte ihr dann, er habe in seinem irdischen Leben grade sehr viel Dinge zu klären, zu regeln, dass er kaum noch weiss wo ihm der Kopf steht. Lilith bot ihm Hilfe an, und sei es nur reden. Er öffnete sich ihr, teilte ihr mit, dass es hauptsächlich finanzielle Probleme seien. Und so sehr er sie bewunderte für ihren Mut, so weit fortzuziehen, so sehr war dies nun ein Problem. Lilith nahm ihn in die Arme, und erzählte ihm, dass sie auch bereit ist, zurückzukommen, sie dies eh vorhabe wegen ihrer Mutter. Nur wollte sie eine vergleichbare Wohnung haben, wie ihre jetzige, was nicht leicht war. Aber gemeinsam konnten sie einen Weg finden, da war sie sicher. Solange sie gemeinsam kämpften, miteinander und nicht gegeneinander, war alles möglich.

Liebe ist immerhin die stärkste Macht, und Lilith würde alles für diese Liebe tun.

Zwei Tage später war er wieder bei ihr, als sie sich ins Bett legte. Aber astral treffen wollte er sie nicht. Sie versuchte, ihn mitzuziehen, woraufhin er leicht sauer wurde. Dann sprachen sie, und es sprudelte nur so aus ihr raus: Sie konnte ihn verstehen, dass er sich nicht bei ihr meldet irdisch, weil er seine Sachen erst erledigen will, auch dass er Angst hat kann sie verstehen, immerhin weiss sie so gut wie er, wenn sie erstmal Kontakt haben, wollen sie sich auch ganz schnell treffen. Aber es machte sie auch kaputt, immer zu hoffen und zu warten, bei jedem Pieps ihres Handys zusammenzuzucken vor Hoffnung, und jedesmal enttäuscht zu werden. Er war momentan nichtmal viel bei ihr, obwohl er ihr mal gesagt hatte, er ist gerne da weil es ihm bei ihr gut geht, er bei ihr glücklich sein kann, was er im irdischen Leben absolut nicht mehr ist.

Körperlich habe sie nichts, ausser dummem Gerede ihres Bruders, und nun hatte sie nichtmal astral noch viel von ihm, das machte sie kaputt.

Sie wusste, die Liebe und Verbundenheit, die war da und die blieb auch, aber die Warterei, Hofferei, das Leben in der Warteschleife, das zerstörte sie langsam. Immerhin hatte er so oft versprochen sich zu melden, sie hatte ihm sogar ihre Handynr. gegeben astral, und irdisch.

Am 15.3. brach sie zusammen, mal wieder. Wie viele bittere Tränen hatte sie schon geweint seit Juli? Sie wusste es nicht, gefühlt konnte sie bereits ein Meer damit füllen. Aber es heilte auch Wunden in ihr, und so hielt sie die Tränen niemals zurück.

Am nächsten Tag, als sie astral in ihr Reich ging, fand sie erstmal niemanden. Also lief sie etwas rum, in der Hoffnung Luzifer oder wenigstens Cobi zu finden. Sie traf dann einige Wesen, und fragte diese nach Cobi. Die zeigten ihr die Richtung, und gaben ihr den Rat, ihn besser in Ruhe zu lassen. Als sie ihn fand, wirkte er leicht panisch, und erzählte ihr, es wurde zum Kampf gerüstet, die Krieger mussten sich einem Eignungstest unterziehen, den viele nicht überleben würden. Und er habe Angst, weil er alleine kämpfen musste, seit sie ihren Platz an Luzifers Seite eingenommen habe. Ja, es stimmte, sie waren über viele Leben Kampfpartner gewesen, ein Team das sich blind aufeinander verlassen konnte. Sie wollte ihm Kraft geben, das Mindeste was sie tun konnte. Luzifer bekam dies mit, und zeigte sich wenig begeistert. Aber Lilith stand zu ihrer Entscheidung, und sagte zu Luzifer, wenn das Team schon zerrissen wurde, dann werde sie ihren Partner aber nicht ohne Schutz lassen. Da sagte Luzifer: „Ach, dann hast du nun also deine Wahl getroffen?"

Lilith war zuerst etwas verdutzt, welche Wahl? Sie hatte doch ihre Wahl bereits getroffen, als sie ihren Platz neben ihm einnahm? Luzifer erklärte ihr dann aber, dass sowohl er als auch sie jeweils einen Vertrauten an ihrer Seite haben, und sie diese Wahl nun wohl getroffen hatte. Klar, wer sonst ausser Cobi sollte es auch sein? Ihn konnte sie in diesem Leben seit 2004, und dazu noch aus vielen Vorleben, ihm vertraute sie ebenso blind wie er ihr.
Mit dieser Entscheidung war er nun aus dem Kampfgeschehen raus, aus der Hierarchie raus, einfach aus allem was ihm schaden konnte! Luzifer war zwar nicht sehr begeistert, musste sich aber damit abfinden.

Die nächsten Tage verliefen friedlich, und harmonisch. Luzifer hatte sich eingekriegt, ihr aber nicht verraten wer sein Vertrauter ist.

Bis zum 21.3. jedenfalls. Tags zuvor war Lilith nicht zu ihm gekommen, da sie eine Meditation gemacht hatte. Als sie dann an jenem Tag zu Luzifer kam, war er ängstlich. Ängstlich, dass sich das von 2012 wiederholt. Lilith erklärte ihm, wie das damals war:

Sie hatte 2009, als er gegangen war, ihre Freundin, Citty, die Astrologin und Kartenlegerin war, um Rat gebeten. Diese hatte in der Astrologie gesehen, dass Lilith und Luzifer Seelenverwandte seien. In den Karten aber lag, dass die beiden sich immer wieder treffen würden, die Anziehung immer bestehen würde. Dass sie jedesmal auch im Bett landen würden, aber eine Partnerschaft nicht funktionieren werde. Und daran hatte Lilith geglaubt. Sie hatte damals noch gedacht, Kartenergebnisse seien in Stein gemeisselt, liessen sich nicht ändern, zeigen die definitive Zukunft an. Und als dann Luzifer in ihr Leben zurückkam 2012, und sie wirklich wieder im Bett landeten, all die Gefühle wieder aufwallten, da hatte sich die Legung ja bestätigt. Also glaubte Lilith, auch der Rest müsse zwingend eintreffen. Als dann Luzifer ihr gestand, was er fühlte, und ihr sagte dass er nur

mit ihr zusammen sein wollte, brach diese
Legung, und dazu die Angst vor einem erneuten
Leiden wie 2009 über sie herein. Sie konnte
damals nur so reagieren, sie musste ihn
abweisen. Deshalb hatte sie auch, als er ihr
versprach auf sie zu warten, als er ihr sagte, er
wisse dass sie es erkennt wer sie ist, und dass sie
zusammengehören, so abweisend reagieren
müssen. Sie musste ihm sagen, das werde
niemals passieren. Es war Angst, pure Angst.

Heute war sie schlauer, heute wusste sie, Karten
sind Momentaufnahmen, können sich jederzeit
ändern. Was heute in den Karten liegt kann
morgen ganz anders liegen. Aber, heute wusste
sie auch, wer sie war, dass er recht gehabt hatte.
Heute wusste sie, es war ein Fehler gewesen,
auf andre statt ihr Herz zu hören. Ihr Herz
nämlich hatte geschrien und getobt, als sie ihn
so schroff abwies. Aber damals war der Kopf, die
Angst, stärker gewesen...
Luzifer erzählte ihr, diese Ablehnung damals war
für ihn extrem schmerzhaft, er hatte sich
unerwünscht gefühlt, wie ein Störfaktor. Er

dachte, sie ist froh wenn er geht und nie mehr wiederkommt. Und ihr Weggehen bestätigte diese Gefühle in ihm, und dies führte bei ihm dazu, dass er tat was er tat: Die Erinnerungen löschen, und sich an die Erstbeste zu hängen die ihm über den Weg lief. Nur Ablenken, nicht mehr dran denken, alles andre war ihm nicht wichtig gewesen.

Nun wusste Lilith, wie es kommen konnte, dass er auf ein Weib mit dermassen offensichtlicher Falschheit reinfallen konnte: Es war ihre Schuld gewesen!!

Das tat weh, sie war es gewesen, die ihn in die Arme einer falschen Schlange getrieben hatte… Nun ja, sie hoffte sehr, dass er es wenigstens schnell erkennen konnte und sich gelöst hatte. Fragen brauchte sie ihn nicht, er redete nicht viel über sein irdisches Leben.

Sie sprachen dann über andre Dinge, Lilith fragte Luzifer, in wie viele Teile sich eine Seele spalten kann. Sie wusste ja, er konnte unter Anderem astral und irdisch gleichzeitig unterwegs sein, ohne dieses Halbschlaf-Gefühl, und ausserdem auch irdisch den Astralkörper kontrollieren wenn nötig. Das hatte sie selbst mal miterlebt damals. Er sagte es gingen mit sehr viel Übung acht Teile, aber das sollte eher nicht passieren, schon gar nicht oft.

Einige Tage genoss Lilith nun die Liebe zwischen ihnen, das Vertrauen. Es passierte einmal sogar, dass sie zu ihm kam und er schlief. Als sie sich an ihn kuschelte, duchfuhr sie ein so übermächtiges Glücksgefühl, dass sie sogar körperlich erschauderte. Sie durfte ihm, ihrem Luzi, so nah sein, das war pures Glück, pure Liebe, die sie durchliefen. In diesem Moment schwor sie sich, alles für diese Liebe zu tun.

Einen Tag nach diesem Glücksrausch kam Lilith, als sie astral ging, an einem wunderschönen Ort an: Ein grosses, warmes Becken, rot glühend, verschnörkelte Säulen drumherum, an denen Terassen angebaut waren. Ein magischer Ort! Sie sass dort und genoss einfach diese Schönheit. Irgendwann kam Cobi dazu, setzte sich zu ihr, und bedankte sich bei ihr, dass sie ihn als Vertrauten gewählt hatte. Sie sprachen eine Weile über Dies und Das, da fühlte sie ihren Luzifer bei ihrem Körper. Also verabschiedete sie sich von Cobi, und kehrte zurück.

Wieder in ihrem Körper angekommen, kuschelte sie sich an Luzifer, und erzählte ihm von dem Amulett, das sie ergattern konnte. Und er sagte, dies ist ein mächtiges Stück, es symbolisiert die ewige Kraft, das ewige Leben, Luzifers, also seines. Danach machten sie gemeinsam eine Meditation gegen Ängste.

Danach folgte ein Monat, in dem Lilith hart an sich arbeitete.

Am 24.4. durfte sie endlich wieder ihren Luzifer spüren, und sehen. Wie sehr hatte ihr das gefehlt! Sie trafen sich dann astral.

Er lag da, mit ihr, in ihrem Bett, und schaute sie nur an. Wollte sie nicht berühren, nicht küssen, nicht reden. Sie bekam Angst! Angst, dass er eine andre hatte, dass körperlich irgendwas gelaufen war…

Und dann plötzlich wusste sie: Selbst wenn, es ging sie, zumindest momentan, nichts an! Körperlich, irdisch, war er ja nicht mit ihr zusammen! Das tat zwar sehr weh, aber ihr wurde auch klar, dass ihre Seelen ewig verbunden waren, seine Seele ihr immer treu sein würde. Und nur das ist wichtig, denn Körper vergehen, irdische Leben sind nur kurze Stationen auf der ewigen Reise der Seelen. Und diese ewige Reise verbrachten sie gemeinsam, untrennbar miteinander verbunden.

Als ihr das klar wurde, brach der Bann. Sie zog ihn an sich, küsste ihn, sie zogen sich langsam gegenseitig aus, und verschmolzen voller Liebe und Sehnsucht ineinander. Plötzlich verschwamm alles, und da war nur noch Liebe, Verbundenheit, Nähe, Vertrauen,... Aber keinerlei Körperbewusstsein, weder astral noch irdisch. Sie waren pures Sein, pure Liebe.

Dann waren sie wieder zurück in ihren Astralkörpern, erstaunt über das soeben erlebte. Sie lagen sich nur in den Armen, ineinander verschlungen, und genossen die

Verbundenheit und die tiefe Liebe zwischen
sich.

Dann tat er etwas, was sie erstaunte: Er nahm
ihr Handgelenk sanft in seine Hände, und dieses
glühte plötzlich förmlich, sogar irdisch. Sie fragte
was er tat, und er sagte er wolle ihr helfen! Ja,
sie wollte sich dort ein Tattoo stechen, und
hatte Angst weil die Adern so sehr sichtbar
waren… Woher wusste er das? Sie hatte es ihm
nicht gesagt? Ja, klar, sie waren verbunden!
Natürlich wusste er das, wusste er doch alles
von ihr.

Als sie am nächsten Morgen aufstand, und ihr
Handgelenk anschaute, waren die Adern
tatsächlich nicht mehr zu sehen! Also konnte
sich ans Werk machen und ihr Tattoo stechen.
Wie dankbar war sie ihm in diesem Moment,
wie sehr voller Liebe für diesen Mann!

Abends, als sie astral ging, fand sie nur Cobi. Sie
unterhielten sich, und plötzlich fragte Cobi, ob

sie ihr Tattoo mit Luzifers Blut gestochen habe? Es ginge so eine Wirkung davon aus… Lilith erzählte ihm, was Luzifer getan hatte, wie er ihr geholfen hatte die Adern unsichtbar zu machen. Cobi sagte, dann kommt es davon. Und dass sie nun damit eine weitere Verbindung mit Luzifer habe, dieses Tattoo könne sie nutzen, um ihn astral zu finden. Sie testete es sofort, und es klappte!

Am 30.4., dem Jahrestag ihre Trennung 2009, kam ihr der Impuls, den Text eines Liedes in Facebook zu posten, „I remember everything"

Fast einen Monat später, am 24.5., stritten sie sich beinahe. Er fragte sie, ob sie jemanden hat, irdisch. Das war komisch, hatte sie gerade an diesem Tag viel mit einem Ex geschrieben, der sie zurück wollte! Sie gab ihm ehrlich Antwort, dass dieser Ex sich gemeldet hatte, und sie wirklich überlegte sich drauf einzulassen. Sie liebte ihn nicht, aber vielleicht konnte sie ihn wenigstens gern haben? Immerhin hatte Luzifer auch jemanden irdisch…

Er wollte nicht, dass sie das tat. Nun, sie wollte auch nicht, dass er irdisch jemanden hat, und kann es nicht ändern, muss es hinnehmen. Welches Recht nahm er sich heraus, ihr das selbe zu verbieten?

Nach einer Weile hin und her sagte sie, sie wolle keinen Streit. Ihm ging es genauso, also umarmten sie sich und begruben das Thema. Stattdessen küssten und liebten sie sich. Danach zog er sie ganz nah an sich, bis sie mit ihrem Kopf in seiner Halsbeuge lag, sein Kopf über ihr. Das war ihm nicht nah genug, er drückte sich brummelnd enger an sie, bis sie komplett ineinander verschlungen, er halb auf ihr, seinen Kopf an ihrem Hals vergraben, dalagen. So schliefen sie auch ein, wobei Lilith fast sicher war, dass er bereits im Halbschlaf war als er sich so an sie drückte.

Einige Tage später musste Lilith lachen. Seit letztem Jahr passierte ja so einiges auf der Welt, was alles durcheinander würfelte. Unter anderem wurde bekannt, dass vieles in Filmen und Serien gezeigt wurde, als Fiktion, was eigentlich bittere Realität war. Und so nun auch in ihrer momentanen Lieblingsserie Lucifer: Dort war ebenfalls ein Krieg im Gange, Himmel gegen Hölle, und wie sollte es anders sein? Dort wurde ein unschuldiger Mensch getötet, aber nicht von dem angeblich so bösen Höllenfürsten Lucifer, nein, ganz im Gegenteil: Von dem ach so guten Erzengel Michael, einem der Brüder Lucifers! Ja, sie zeigen die Wahrheit wirklich in Filmen und Serien!

An ihrem Jahrestag, dem 3.7., als Lilith zu Luzifer kam, war dieser abweisend, und fragte was sie hier will. Das tat weh! Ja, sie hatte es verpeilt gehabt, und eigentlich einen Besuch von Carlo heute erwartet. Als ihr auffiel, welchen Tag sie da ausgemacht hatten, wollte sie erst absagen. Dann aber dachte sie, nein, das irdische Leben ist auch wichtig, und Luzifer habe ja die Möglichkeit, auch ein Teil davon zu sein. Als dann aber immer mehr dazwischen kam bei

Carlo, war sie sicher gewesen, Luzifer habe da seine Hände im Spiel gehabt. Und nun diese Reaktion! Das tat weh!

Cobi fing sie dann auf, redete mit ihr, lenkte sie ab, bis sie wieder runterkam. Sie ging dann zu Luzi zurück, und sie redeten. Er hatte gedacht, ihr sei dieser Tag egal! Aber er verstand auch ihre Seite, und so war dann alles gut.

Zwei Tage später fühlten beide, etwas hatte sich verändert. Es war wie eine Kluft zwischen ihnen, eine Mauer! Aber, wie sie die wegbekommen sollten, das war ihnen nicht klar – noch nicht!

Die Lösung kam am nächsten Tag, am 6.7.2021. Da wurde ihnen bewusst, die himmlischen Mächte kämpften gegen sie, wie schon all die Jahrtausende zuvor. Lilith kam die Idee, vielleicht wieder ihre Essenz miteinander zu verschmelzen. Naja, die Lust kam ihnen zuvor! Danach machte Luzifer irgendwas mit Lilith... Er lag auf ihr, sie fühlte ein Kribbeln, ausgehend vom Solar Plexus. Und zwar seelisch genauso wie körperlich! Dann fügten sie sich kleine

Schnitte zu, und tranken gegenseitig ihr Blut.
Dies hatten sie 2009 schon irdisch getan, aber
niemals gleichzeitig wie jetzt. Lilith hatte irdisch
soviel Wasser im Mund, wie seelisch sein Blut.
Dann fühlte sie, wie ihr wirr im Kopf wurde, wie
betrunken oder auf Droge. Sie konnte keinen
klaren Gedanken fassen, aber gleichzeitig fühlte
und wusste sie genau was in Luzifer vorging!
Und auch dies wieder übergreifend, seelisch wie
irdisch.
Luzifer beruhigte sie, sagte dieses wirre im Kopf
gehe vorüber, die Verbindung aber bleibt.

Und dann erfüllte sich einer ihrer heimlichen
Träume....

Sie sprachen über Heiraten, dass ihre Seelen ja
nur eine Existenz haben, eine Ewige, und ja
bereits stärker verbunden waren als es eine
irdische Hochzeit je sein könne. Aber, da gerade
gegen sie gearbeitet wurde, warum nicht den
Versuch starten? Lilith war so glücklich, eine
offizielle Hochzeit mit ihrem Luzifer! Ja, hatten
sie sicherlich in all den Leben schon gehabt, aber

in diesem Leben nicht, in diesem Leben musste sie ihn immer wieder verlieren.

Und es war ihr sehnlichster Wunsch, seinen Namen tragen zu dürfen.

Ok, dies würde sie leider durch eine seelische Hochzeit nicht können, aber es war dennoch ein grosser Schritt für sie, ihm noch näher zu sein. Also schmissen sie sich in Schale.
Nun sollte sie auch erfahren, warum ihr vor einiger Zeit im Traum gesagt wurde, der Name Chaziel sei wichtig: Dieser führte nämlich nun die Zeremonie durch. Durch ihren wirren Kopf bekam sie leider nicht alles genau mit, aber was sie mitbekam war wunderschön:
Luzifer stand zu ihrer Linken, halb hinter ihr. Chaziel nahm ein schwarzes Band und umwickelte damit ihrer beider linken Hände die sie aufeinander gelegt hatten. Damit symbolisierte er den Bund der die beiden fortan verbinden sollte. Ein unglaubliches Gefühl durchfuhr Lilith, sie war nun tatsächlich mit ihrem Luzifer verheiratet, zumindest seelisch!

Und sie glaubte in diesem Moment ganz fest
daran, auch irdisch würden sie es schaffen!

Am nächsten Tag war der wirre Kopf wieder
normal.
Als Lilith abends zu Luzifer kam, alberten sie auf
dem Bett rum wie kleine Kinder. Oh wie sehr sie
das genoss! Es kam dann wie es kommen
musste, irgendwann hatten sie Sex.
Er sagte ihr dann später, dieser Error gestern
kam durch die Magie die er angewandt hatte.
Sie konnte nun auf sein Wissen zugreifen, wann
immer es nötig war.
Kuschelnd lagen sie im Bett, und wollten
eigentlich schlafen. Taten sie dann auch, und
zwar miteinander! Seine „Rache" für die
„Vergewaltigung" ihrerseits vorhin beim Balgen!
Oh, wie sehr genoss sie diesen Abend, diese
Unbeschwertheit mit dem Mann, den sie mehr
als alles andere liebte!

Einige Tage später lagen sie wieder in ihrem Bett
und unterhielten sich. Lilith erzählte ihm, dass

momentan das Thema Loslassen sie verfolgte, und dass ja aber er das genauso wenig will wie sie… Er erklärte ihr dann, loslassen bedeutet nicht, IHN loslassen, sondern das Hoffen, Warten, Leiden loslassen, diese Trauer, den Schmerz, all das Schmerzhafte.

Und was las Lilith am nächsten Tag? Genau diese Worte! Dass Loslassen nicht heisst, den Herzmenschen loszulassen, sondern die Situation annehmen wie sie ist, nicht die Zeit mit Warten verbringen, sondern sein Leben geniessen, sich darauf konzentrieren, was man bereits Schönes hat, was man alles liebt das schon da ist, etc
Es erstaunte sie immer wieder, wenn sich etwas astral Erlebtes oder Gehörtes dann irdisch bestätigte.

Und dann begann ein Martyrium….

Das Martyrium

Lilith fuhr am 20.7.2021 nach Karlsruhe zu ihrer Mutter. Ihr ging es schlecht, und anscheinend war keiner dort in der Lage oder Willens, ihr die Zeit zu widmen die sie verdiente und brauchte. Jedenfalls hatte ihr Bruder totales Theater gemacht, wollte sie sogar noch früher als ausgemacht dort haben. Lilith hatte aber noch einen Zahnarzt Termin, der wichtig war, und den sie wahrnehmen wollte. Ihre Mutter verstand es, ihr Bruder nicht....

Lilith hatte die Faxen dicke, keiner war in der Lage gewesen, auch nur spazieren zu gehen mit Mama, nun war keiner in der Lage sie beim Gehen zu unterstützen, wo sollte das hinführen?? Und so erkundigte sie sich bei der Freundin ihres verstorbenen Papas, wie diese das geregelt hatte mit der Pflege ihrer Mutter bei sich zuhause. Diese erklärte ihr alles, und so stand der Plan: Lilith würde ihre Mama zu sich holen!

Die erste Nacht in Karlsruhe musste sie bei

ihrem Bruder bleiben, weil sie zu spät in Karlsruhe ankamen. Da probierte dann ihre Cousine, ihr ein schlechtes Gewissen zu machen, was war sie bei ihrem Bruder wo sie doch wegen ihrer Mutter gekommen war?

Am nächsten Tag ging sie dann zu ihrer Mutter. Diese freute sich natürlich, Lilith zu sehen. Sie hatte Probleme beim Gehen, zog den linken Fuss nach. Seit ihrer Hirn-OP ging sie am Rollator, aber durch dies jetzt traute sie sich selbst das nicht mehr allein. Lilith tat es so weh, dies zu sehen!
Wie oft war sie mit ihrer Mutter spazieren gegangen, damit sie rauskam zuhause, seit sie nicht mehr Autofahren konnte. Leider war sie aber die Einzige, die das machte. Weder ihr Stiefvater, noch ihr Sohn der bei ihrer Mutter lebte, oder ihr Bruder bzw dessen Freundin, waren dazu imstande. Sie alle liessen Mama vor sich hin vegetieren. Ihr Stiefvater schaute nichtmal einen Film mit ihr an, lieber stand er an der Schlafzimmertür und schaute den selben Film wie Mama im Wohnzimmer, auf seinem

Fernseher im Schlafzimmer an.

Aber nun war sie hier, und würde alles tun damit es ihrer Mutter wieder besser ging.

Dachte sie....

Der Arzt kam, untersuchte ihre Mutter. Lilith hatte um einen Termin zum Einrenken gebeten, den sie dann einige Stunden später bekam. Dort angekommen, eröffnete ihr der Arzt, ihre Mutter solle ins Krankenhaus gehen, und gab ihr die entsprechende Anweisung.

Wieder bei ihrer Mutter, sagte ihr Lilith dies. Aber Mama wollte nicht ins Krankenhaus, sie wollte daheim bleiben und die Zeit geniessen. Lilith hatte sie öfter mal eingerieben, am Rücken, da Mama dort schon lange Schmerzen hatte, und jedesmal wurde kurz danach das mit dem Fuss besser. Also dachten sie, sie bekommen das in den Griff. Ihr Stiefvater aber drängte darauf, dass Mama in die Klinik geht. Also machten sie für den nächsten Tag einen Abholtermin aus, da Mama mit dem RTW geholt werden musste, kam ja nicht mehr die Treppen runter ins Auto.

Dann war Mama im Krankenhaus.

Lilith hatte ihrer Mutter natürlich gesagt, dass sie sie mitnehmen wollte, und mit heftiger Gegenwehr gerechnet. Aber, die kam nicht! Ihre Mama war einverstanden! Also wollte Lilith die Zeit nutzen, alles in die Wege zu leiten. Sie sprach mit Carlo, ob der die beiden abholen könne, da garantiert keiner von Karlsruhe sie fahren würde. Sie telefonierte mit verschiedenen Stellen, forderte Formulare an. Nebenbei brachte sie die Wohnung auf Vordermann, die natürlich vernachlässigt worden war.

Sie besuchten Mama auch im Krankenhaus, entweder ihr Sohn oder ihr Stiefvater holten sie nach draussen, da Lilith kein Krankenhaus betreten durfte ohne die Impfung. Mama war aber ebenfalls dagegen, also hatte Lilith da Rückhalt.

Irgendwann kam die Nachricht, Mama war im Hospiz, nicht mehr in der normalen Klinik! Und sie wollte heim. Lilith rief sie an, und wollte ihr sagen, sie holen sie da raus, sie ist dabei alles zu klären dass Mama zu ihr mit kann.

Da fragte Mama, ob sie sicher ist, ob sie weiss was sie sich da anlastet?

Lilith bekam einen Schrecken, und sagte, natürlich ist sie sich sicher, sie hatte vor Jahren versprochen für sie da zu sein, und sie hält ihre Versprechen.

Was konnte so schlimm sein? Warum war Mama im Hospiz?

Lilith rief sofort dort an, und sagte direkt, dass sie möchte dass Mama nach Hause kommt. Die Schwester am Telefon sagte, das geht nicht so einfach….

Zuerst müsse ein Pflegebett her, ein Rollstuhl, ein Toilettenstuhl,…

Lilith verstand die Welt nicht mehr, wozu das alles? Mama hatte die letzten Jahre, sogar als sie vor einiger Zeit hier angekommen war, auf dem Sofa geschlafen, warum jetzt so ein Aufwand?

Aber gut, wenn die das verlangen, und Mama nur dann dort rauskommt….

Also ging sie rüber zu Mamas Hausarzt, und holte die nötigen Rezepte. Telefonierte mit Sanitätshäusern, dass alles Benötigte schnell geliefert wird.

Machte sich auch Gedanken, und recherchierte, wie sie das alles bei sich zuhause bekommt, wenn Mama ja dort noch keinen Arzt hat etc.

Sie räumte das komplette Wohnzimmer mehrfach um, um Platz für das Bett zu machen, und es trotzdem wohnlich aussehen zu lassen. Endlich war das geschafft, ein paar Kabel für den Fernseher mussten noch her, die bestellte sie bei Amazon.

Dann kam endlich das Bett und der Rest. Jetzt konnte Mama heimkommen! Kurz nochmal umgebaut, Kopf und Fussende gewechselt. Lilith hatte es eigentlich so gedacht, dass Mama Richtung Tisch schauen konnte, und nicht nur an die Wand. Aber da das andersrum war wie sie die ganze Zeit dort gelegen hatte (es war der

Platz wo vorher das Sofa stand auf dem Mama geschlafen hatte), wollte Mama es nicht.

Dann kam der Tag, an dem Mama zurückkam. Und Liliths ganzer Plan krachte über ihr zusammen....
Sie konnte Mama nicht mehr zu sich holen, es war zu spät! Sie wurde bereits in einem Tragetuch, nicht mit einem Stuhl gebracht. Sie war gelähmt! Konnte ihre Beine nicht mehr benutzen, nein, nichtmal mehr fühlen!!
Einen Liegend-Transport bis NRW würden sie niemals gezahlt bekommen!

Nun stand Lilith vor einer neuen Herausforderung: Der Pflege ihrer Mutter. Mit Hilfe vom Pflegedienst lernte sie dies aber schnell, Katheter leeren, drehen, lagern, waschen, Tabletten geben, all das lernte sie im Schnelldurchlauf.
Sie machte es gern, es war ihre Mutter, die sie grossgezogen hatte, immer das Beste für sie gewollt hatte, die sie liebte.

Sie sprachen auch viel über früher, über ihre Kindheit, und Jugend, sowie auch über ihr Leben bis zum Weggang. Vieles konnte aufgearbeitet, geklärt werden. Mama erzählte viel von ihrem Vater, erinnerte sich an die schönen Zeiten mit ihm. Erzählte von dem Lied „Max der Wurm", das ihr Vater immer gesungen hatte. Lilith fühlte, diese Liebe war für Mama was Besonderes gewesen. Vielleicht sogar so besonders wie ihre Liebe zu Luzifer.

Nun verstand sie besser, was damals passiert war. Warum Mama gehen musste, warum ein endgültiger Schlussstrich ihr als einzige Möglichkeit blieb. Und warum sie immer so, fast schon hasserfüllt, über ihren Vater geredet hatte. Es war ein Schutzkomplex, sie hatte sich den Hass eingeredet, weil sie es anders nicht verkraftet hätte.

Lilith kämpfte weiter für ihre Mama, nun nicht mehr darum, sie zu sich zu holen, aber darum, ihr die bestmögliche Behandlung geben zu können. Sie hatte von einem irdischen Medbettähnlichen Gerät gehört, einem Roboter der inoperable Hirntumoren ambulant entfernen konnte. Leider stand der in München.

Lilith nahm Kontakt zu der dortigen Klinik auf, schilderte den Fall ihrer Mutter. Sie solle die Krankenakte schicken, dann konnten die ihr mehr sagen. Also rief Lilith in der Klinik an, die ihre Mutter behandelt hatte. Die Schwester verwies sie an den Arzt, dieser wurde dann sehr unfreundlich, als sie schilderte was sie vorhatte, und wofür sie die Akte brauche. Aber da Lilith nicht nachgab, schickte er ihr die Akte. Sofort leitete Lilith alles an München weiter. Dann der Schock: Die Akte ist unvollständig! Also wieder in Karlsruhe anrufen, wieder den Arzt am Telefon. Er stritt es ab, behauptete die Akte sei vollständig, und weigerte sich weitere Auskünfte zu geben....

Da fiel Mama etwas ein: Sie hatte eine ganz liebe Krankenschwester/Assistenzärztin gehabt, und diese hatte etwas Entscheidendes gesagt: Zweimal die gleiche Stelle bestrahlen ist gefährlich!

Mama hatte damals aber leider nicht darauf reagiert, hatte es nicht kapiert. Sie war ja der Ansicht gewesen, der jetzige Tumor sei ganz woanders als der erste. Nun aber ergab diese Aussage Sinn, vor allem in Zusammenhang mit der Reaktion des Arztes und der Aussage von München, die Akte sei unvollständig!

Was also tun? Lilith sah nur einen Ausweg: Sie bat die Ärzte in München darum, die fehlenden Unterlagen direkt anzufordern. Diese versprachen, es zu probieren. In der Zwischenzeit kämpfte Lilith mit der Krankenkasse, um die Fahrt zu organisieren, und mit ihrer Firmenbank, um ihre Kreditkarte nach Karlsruhe geschickt zu bekommen. Da dort ein Kreditrahmen von 15.000€ vermerkt war, wollte sie notfalls diese nutzen um Mama nach München zu bekommen.

All das neben der Pflege ihrer Mama, und der Wohnung.

Ihr Stiefvater war auch keine Hilfe, sein Auto war kaputt, und das sein Dauerthema: Er

braucht ein Auto! Da er eigentlich täglich einkaufen fuhr, und das gewohnt war, war es für ihn tragisch, kein Auto zu haben. Er hatte Freunde, Lilith´s Bruder, bzw dessen Freundin, fuhren ihn auch zum Einkaufen, aber er hatte den lieben langen Tag nur das Thema Auto zu reden. Oder, was sie am nächsten Tag essen sollten.
Dazu ging er nichtmal ans Telefon wenn es klingelte, oder zur Tür. Seine Überweisungen, seine Einkaufsliste, all das sollte Lilith schreiben.

Ihr Bruder und seine Freundin kamen zwar rüber, sassen dann aber eigentlich nur aufm Sofa.

Und Mama klammerte sich an Lilith….

Diese war schnell mit den Nerven am Ende. Kraft gab ihr nur Luzifer, der immer um sie rum war. Selbst Mama nahm ihn wahr, roch ihn, oder fühlte ihn.

Eines Tages sah Lilith, dass Mamas Füsse und Fussgelenke stark angeschwollen waren. Sie fragte den Pflegedienst, die sagten aber nur das kommt vom Liegen. Es liess Lilith keine Ruhe. So sass sie mittags aufm Balkon, als sie Luzi neben sich fühlte. Er hatte wohl gemerkt, worum sich ihre Gedanken drehten. Jedenfalls sagte er zu ihr: „Nimm diese Orangentinktur, die deine Mama so mag, verreibe sie etwas in deinen Händen. Dann massiere die Füsse deiner Mama damit, von den Zehen ausgehend, streiche immer wieder mit sanftem Druck Richtung Waden. Dann geht die Schwellung weg." Er war ja Sani gewesen damals bei der Bundeswehr, daher hinterfragte Lilith nichts. Sie rauchte fertig, ging nach drinnen, sagte zu ihrer Mutter sie wisse jetzt was zu tun sei. Dann nahm sie die Tinktur, deren Geruch sie eigentlich gar nicht mochte. Ihre Mutter wunderte sich, dass sie freiwillig danach griff, Lilith sagte ihr das müsse sie. Dann massierte sie die Füsse genau so, wie Luzifer es ihr gesagt hatte. Und siehe da, er hatte Recht gehabt! Die Schwellung ging zurück, und zwar mit jedem Streichen ihrer Hände etwas mehr. Nach einigen Minuten war alles wieder normal. Lilith erzählte ihrer Mutter dann, was auf dem Balkon passiert war, Mama freute sich, und bedankte sich genauso wie Lilith bei Luzifer.

Der Geburtstag ihres Stiefvaters nahte. Und ihre Mutter teilte Lilith mit, dass Gabriel vorbeikommen wolle. Lilith sagte, sie habe damit kein Problem, aber sie werde ihn nicht beachten, nichtmal Hallo werde sie sagen. Und solle er blöd werden, würde sie reagieren. Ihre Mutter verstand es, und damit war alles geregelt.

Dann war der besagte Tag da.
Gabriel kam, Lilith beachtete ihn nicht. Wenn er sie ansprach, reagierte sie nicht. Ihre Mutter umsorgte sie wie gewohnt. Später kam auch ihr Bruder mit seiner Freundin vorbei. Sie fuhr dann irgendwann mit ihrem Sohn in den Nachbarort, es musste noch etwas nachgekauft werden fürs Essen. Ihr Bruder und seine Freundin kochten, ihr Stiefvater hatte schon was getrunken, also

mussten die beiden fahren. Lilith genoss es, kurz aus dem Trubel rauszukommen. Viel zu selten sah sie mal was andres als die Wohnung mit den dauernden Telefonaten, dem Genörgel oder Anbaggerei ihres Stiefvaters, und all der Arbeit. Im Laden sah sie Captain Morgan Cola Dosen, und kaufte welche. Daheim angekommen, verteilte sie die Dosen, wohlgemerkt an alle ausser Gabriel. Er existierte ja nicht mehr für sie. Sie ging dann in die Küche, wollte sich einen Kaffee machen. Dort stand ihr Stiefvater am Fenster, und kam auf sie zu. Nahm sie in den Arm, bedankte sich für alles was sie tat. An sich harmlos, nur lagen seine Hände wieder auf ihrem Po! Wie sie das hasste! Da kam ihr Bruder rein, checkte die Lage, und drängte sich dazwischen mit den Worten: „Gruppenkuscheln!" Lilith war mehr als dankbar!

Kurze Zeit später, er hatte einiges mehr getrunken, fing ihr Stiefvater sie im Flur ab. Zog sie zu sich, und wollte ihre Hand nach unten in seine Hose führen!! Lilith explodierte endlich!

Sie fuhr ihn an was das solle, sie habe ihm bereits mehrfach zu verstehen gegeben dass er für sie wie ein Vater sei, und vor allem lag da drin im Wohnzimmer seine Frau, ihre Mutter!!!! Dann ging sie auf den Balkon, musste sich erstmal beruhigen. Luzifer hatte natürlich alles mitbekommen, und versprach ihr, sich darum zu kümmern, dass dies nicht mehr vorkommen würde.

Als sie danach zu ihrer Mutter ging, erzählte diese ihr, dass Gabriel und ihr Bruder versucht hatten, sie in den Rollstuhl zu setzen, und sie dabei fast gestürzt wäre! In diesem Moment hätte sie die beiden am liebsten vom Balkon befördert!

Es gab dann Essen, und da es Pizzabrötchen waren, aß ihre Mama alleine. Alles was mit Besteck zu essen war, musste Lilith sie füttern. Aber sie aß kaum was, obwohl sie diese Pizzabrötchen liebte. Lilith sagte, sie müsse essen, ihr Bruder bestätigte dies, ihre Mutter

wollte nicht. So ging es eine Weile, bis ihre
Mutter anfing zu weinen, und es aus ihr
rausplatzte: Sie wollte ja essen, aber sie konnte
kaum schlucken, es war als schnüre ihr etwas
die Kehle zu!
Geschockt holten sie den Arzt, er untersuchte
sie, aber er konnte nichts tun. Mittlerweile war
auch Lilith in Tränen aufgelöst, und hielt sich an
Alkohol fest. Ihr Bruder meinte dann: „Du musst
hier mal raus, wir fahren ne Stunde oder zwei
auf den Grillplatz, ich regle das mit Mama."
Gesagt getan, er regelte es, Liliths Sohn
versprach solange da zu sein bei Mama. Lilith
erklärte die Medikamente, und dann gingen sie
los.

Ein Sommerabend, ein Cabrio, offenes Verdeck,
und Alkohol…. Wie gut tat das alles!!! Lilith
stand hinten im Auto, hinter dem Beifahrersitz,
und liess sich den Wind um die Ohren pfeifen.
Gabriel sass auch hinten, und wollte sie immer
zum sitzen zwingen. Lilith lachte nur, wusste sie
doch ganz genau, ihr Luzi passte auf sie auf!
Sie fuhren nicht zum Grillplatz, sondern einfach

durch die Gegend. Tranken jede Menge Alkohol, und endeten bei Gabriel zuhause.

Irgendwann wachte sie auf, es war früh am Morgen. Sie hatten total die Zeit vergessen! Es waren zwei Stunden ausgemacht, jetzt war sie die ganze Nacht weggewesen! Ihr Gewissen machte ihr total zu schaffen, sie wollte sofort losfahren als ihr Bruder und seine Freundin aufwachten.

Wieder bei Mama, entschuldigte sie sich tausendmal. Aber es war ok, ihre Mutter war nicht sauer, verstand sie sogar.

Wie oft lag Lilith nachts wach, Luzifer neben sich, und lauschte auf die Atemgeräusche ihrer Mutter. Und wenn sie eine Weile nichts hörte, schreckte sie hoch. Luzi beruhigte sie jedesmal, sagte es ist alles ok, Lilith schreckte trotzdem hoch. Nacht für Nacht, Schlaf war Mangelware. Ganz früh dann wachte ihre Mutter auf, meist hatte Lilith da gerade erst in den Schlaf gefunden. Dann kamen Tabletten, Kaffee, Frühstück, sofern Mama etwas essen konnte. Dann Pflegedienst alle zwei Tage, dann war ihr

Stiefvater wach. Und damit begann der Trott: Ich brauch ein Auto, was essen wir, geh du ans Telefon, mach die Tür auf,…..

Lilith war längst am Ende ihrer Kraft. Nicht wegen Mama, nein, das hätte sie locker geschafft. Aber die vielen Leute, das Rein und Raus, die vielen Telefonate… Dazu kämpfte sie ja immer noch um ihre Mutter, dass diese eine andere Behandlung bekam. Mittlerweile befürchtete Lilith nämlich bereits eine Abhängigkeit, immer öfter bat ihre Mutter um eine Tablette, irgendeine….

Ihre Cousine hatte ihr von einem Bekannten erzählt, mit Metastasen in der Lunge, der Cannabis bekam und dessen Metastasen sich zurückgebildet hatten. Also sprach Lilith den Arzt darauf an, aber sie bekam zur Antwort, er könne das nicht verschreiben. Also suchte sie im Internet nach einem Arzt, der dies könne, und erfuhr so, dass JEDER Arzt das verschreiben kann, aber dass dies nur wenige tun. Denn es lässt sich damit zum Einen kaum was verdienen, und zum andren ist es ein etwas grösserer Verwaltungsakt. Ihr Zorn auf Ärzte wuchs!!!!

Dann kam der 20.8. ….
Der übliche Trott, aber abends kam sie mal wieder raus! Diesmal ging es zum Grillplatz, sie, ihr Bruder, dessen Freundin, Gabriel, und natürlich Luzifer. Am Grillplatz sassen sie auf dem Kofferraum, oder standen ums Auto rum, hörten Musik, tranken Bier. Lilith schaute zum Funkturm hoch, und als hätte er ihre Gedanken gelesen, erzählte ihr Bruder, wie er da mal hochgeklettert war. Lilith war sofort Feuer und Flamme, wie herrlich musste es da oben sein! Sowohl Gabriel als auch Luzifer wollten sie abhalten, ihr Bruder aber war genauso Feuer und Flamme. Also gingen sie los, und kletterten über den Zaun. Gabriel kam nun doch mit. Drinnen angekommen, gingen sie bis zur Leiter die nach ganz oben führte. Gabriel kletterte zuerst, dann Lilith. Ihr Bruder blieb unten, sagte er wollte da alleine hoch, bzw klettert erst los

wenn die beiden oben sind, da er nicht
aufgehalten werden wollte durch Pausen oder
so.

Gabriel fluchte vor sich hin, Lilith genoss dieses
Wagnis total. Jede Stufe brachte sie gefühlt der
Freiheit näher.

Immer schwerer wurden ihre Arme, immer
anstrengender das Klettern. Sie war sowas
einfach nicht gewohnt. Es war eigentlich nicht
mehr sehr weit bis ganz oben, aber sie wusste,
wenn sie weiterging, würde sie ihre Arme kaum
noch bewegen können, und wie sollte sie dann
Mama pflegen?

Also rief sie Gabriel zu, dass sie wieder runter
klettert, er aber weiter hoch kann. Aber er kam
mit runter, sagte er war nur mit hoch wegen ihr.

Unten lachte ihr Bruder sie aus, meinte sie habe
den Mut nicht gehabt. Sie erklärte zwar, dass es
die Kraft in ihren Armen gewesen war, die sie
weiterhin brauchte, ihm war das egal. Nun, ihr
auch. Solle er denken was er wollte.

Also ging es zurück, bis zum Zaun. Dort
angekommen merkte Lilith, andersrum war es

leichter gewesen. Sie wusste erst nicht, wie sollte sie da rüberkommen?

Gabriel meinte, sie solle warten er würde sie auffangen. Springen wie ihr Bruder traute sie sich nicht. Nun, sie wollte es alleine schaffen. Also setzte sie sich auf den Zaun, rutschte dann etwas nach unten, und als sie etwa halb unten war, liess sie sich los und sprang den Rest....

Es krachte in ihrem linken Fuss als sie aufkam, und ein riesiger Schmerz zog sich durch ihr ganzes Bein. Da war was kaputt! Mist, genau das hatte sie verhindern wollen! Schlagartig war sie auf dem Boden der Tatsachen angekommen...

Ihr Luzifer hatte sie gewarnt, er hatte gesagt sie soll es lassen. Alles kann auch er nicht verhindern, wer weiss was er vielleicht sogar verhindert hatte, dass es „nur" ein gebrochener Fuss wurde! Ihr fiel 2012 und ihr Fluch ein.....

Am nächsten Tag kam der Pflegedienst zu ihrer Mutter, und bemerkte dass sie kaum laufen konnte. Während die beiden sich um ihre Mutter kümmerten, nutzte Lilith die Zeit, ihren Fuss zu verbinden. Die eine Schwester kam dann rüber und half ihr, und gab ihr den dringenden Rat, das untersuchen zu lassen. Als mittags der Arzt kam, ein Vertretungsarzt, zeigte ihm Lilith den Fuss. Er meinte, sie solle es röntgen lassen, die ganze Beschreibung, das Krachen, der Schmerz oben in Knienähe, und das Ausmass was man sehen konnte, deute auf einen Bruch. Lilith weigerte sich, erstens mochte sie Ärzte nicht, und zweitens konnte sie sich einen womöglich Wochen andauernden Krankenhausaufenthalt nicht erlauben. Also wollte er ihr wenigstens eine Schiene verschreiben, brauchte dafür aber ihre Karte. Nur, die war verschwunden! Nun brauchte sie einmal ihre Krankenkassenkarte, da war die weg! Nein, halt, beim Einrenken hatte sie die noch gehabt…

Nun ging diese Sucherei los…. Der Tisch war ein einziges Chaos, da lagen Zeitungen, Briefe von Monaten wenn nicht Jahren, Werbungen, Zettel, einfach alles querbeet.

Bevor sie aber mit der Suche richtig loslegen konnte, klingelte es wieder. Es waren Brückenschwestern, mit Ärzten oder was auch immer. Das Zimmer stand voll mit Leuten. Der Katheter ihrer Mutter musste gewechselt werden, eine wurde ausgebildet, Ärzte bzw Vorgesetzte wollten die Sachlage wissen wegen dem Pflegegrad, etc. Es war ein heilloses Chaos. Die fingen an, alles in Frage zu stellen, und als Lilith darauf hinwies, dass sie extra viel machte, da das Pflegegeld kaum reichte, wurde ihr unterstellt sie würde das für sich wollen! Diese eine der Brückenschwestern war eine regelrechte Kreuzspinne.

Ihr Stiefvater war natürlich wieder nicht anwesend, hielt sich aus allem immer raus, Lilith war ja da….

Ihre Mutter versuchte ihr Bestes, aber sie konnte auch nicht aufklären. Als die weg waren, suchte Lilith weiter, mit den Nerven am Ende mittlerweile. Sie regte sich über das Chaos auf, über die gesamte Situation. Sie fand die Karte nicht, also suchte sie die Telefonnummer ihrer

Krankenkasse raus und rief dort an. Schilderte den Fall, wurde weiterverbunden, hing in der Warteschleife. Da kam ihr Stiefvater raus, und wollte wieder mal wissen was sie morgen essen würden! Lilith platzte, schnauzte ihn an dass ihr das im Moment herzlich egal sei, sie hinge hier am Telefon in der Warteschleife, weil es hier ja aussah wie im Saustall mit seinem scheiss Papierkram!

Natürlich war ihr Stiefvater sauer, darum kümmerte sich Lilith aber nicht. Der Mann der Krankenkasse schickte ihr die erforderlichen Unterlagen per Mail, also war das geregelt. In der Hoffnung, nun endlich ein paar Minuten Ruhe zu haben, wollte Lilith sich einen Kaffee machen und eine rauchen. Kaum die Senseo eingeschaltet und aufm Weg zum Sofa (sie sollte drin rauchen, ihre Mutter wollte sie bei sich haben und auch ab und zu mal ziehen), klingelte das Telefon. Sie beachtete es nicht, setzte sich, zündete ihre Zigarette an und wollte sie grade ihrer Mutter geben, als doch tatsächlich ihr Stiefvater reinkam, das Telefon vom Tisch nahm, und klingelnd zu ihr brachte! Sie schaute ihn an, und fragte ob das jetzt sein Ernst sei? Ob er denn nicht EINMAL ans Telefon gehen könne und sie entlasten??? Immerhin wohnt er hier, und nicht sie!

Er nahm dann ab, aber es nutzte nix, sie bekam es in die Hand gedrückt. Es war die Pflegekasse, sie musste dies regeln. Kaum aufgelegt ging es weiter, sein Auto, was essen, etc…. Lilith brach zusammen, sie konnte nicht mehr, es war alles zuviel. Ihr Fuss, den sie kaum entlasten konnte und der irrsinnig schmerzte, die Brückenschwestern, die verlorene Karte, das Chaos, die Verantwortung für einen 4 Personenhaushalt, nein eigentlich sogar 6 Personenhaushalt, da ihr Bruder und seine Freundin ja auch nahezu täglich kamen, ihre Mutter die sie brauchte und sich an sie klammerte, ihr Kater der hier genausowenig wie sie zur Ruhe kam, das alles brach nun über sie ein. Sie zitterte, schluchzte, war am Ende ihrer Kräfte. Lag nur zusammengerollt wie ein Cocktailshrimp zitternd schluchzend auf dem

Sofa. Um sich rum nahm sie nichts mehr wahr. Doch, ihre Mutter hörte sie durch den sie umgebenden Schleier, weil diese sich die Schuld daran gab. Lilith schrie auf, das war noch ein Dolchstoss mehr! „Nein Mama, du bist nicht schuld. Du bist überhaupt nicht schuld! Du allein, das wäre gar kein Problem! Aber die ganze scheisse hier, dass keiner irgendwas abnehmen kann, keiner zu Hilfe fähig ist, alles an mir hängt, das ist zuviel!"
Nichtmal Luzifer kam in diesem Moment an sie ran.
Irgendwann kam ihr Bruder mit seiner Freundin. Er erschrak, dachte sofort es sei was mit ihrer Mutter. Nach einer Weile konnte sich Lilith dann etwas beruhigen, und aufklären was passiert war. Ihr Bruder versprach, ihr wenigstens den Papierkram abzunehmen und alle paar Tage danach zu schauen. Was dann aber beim Versprechen blieb, es änderte sich nichts.

Ihre Schiene, nun, das Rezept bekam sie. Als sie ins Sanitätshaus fuhr, konnte sie sie aber nicht mitnehmen, da die dort mit ihrer Krankenkasse noch nie zu tun gehabt hatten, und das erst klären mussten. Als sie ein paar Tage später mit ihrem Sohn die Schiene holen wollte, ging unterwegs das Auto kaputt, das ihr Bruder ihnen geliehen hatte, damit wenigstens das Einkaufen und damit das leidige Thema Auto erstmal beruhigt wurde.

Das Thema fing nun natürlich wieder an….

Irgendwann rief ihr Bruder an, er habe ein Auto für den Stiefvater, ein Cabrio. Dieser wetterte, sowas fährt er nicht. Mama und Lilith sagten beide gleichzeitig, das ist Lilith´s Auto! Mama wollte ihr Pflegegeld dafür hergeben, es lag ihr verdammt viel daran. Gabriel legte ebenfalls Geld dazu. Sie sollte dieses Auto nie bekommen….

Lilith hatte ihr Tattoozeug dabei, und hatte ihren Bruder immer wieder gebeten, ihr ein Tattoo zu stechen. Er vertröstete sie immer wieder. Eines Abends hatte sie die Nase voll, sie sagte zu ihrer Mutter, wenn sie nur wüsste wer tättowieren kann hier, sie würde ihren Bruder nicht weiter anbetteln. Und ihre Mutter sagte, als wäre es das Selbstverständlichste: „Luzi!" Lilith stockte, schaute ihre Mutter an, und fragte wie sie darauf käme? Diese meinte, es war einfach da. Nun, Liliths Mutter war eine Seherin, sie war auch damals in die Richtung ihrer Wohnung in Durlach gefahren, lange bevor sie überhaupt von dieser wussten. Und das ist nur eins der Beispiele. Aber dass sie nun ausgerechnet diesen Namen so selbstverständlich nannte, als wäre er Teil ihres irdischen Lebens, das verwirrte Lilith.

Sie sprachen dann über ihn, Lilith erzählte von den Geschichten ihres Bruders. Ihre Mutter meinte, ihr Bruder habe keinen Kontakt zu ihm, das wüsste sie. Und ausserdem hätte er dann von ihm erzählt, oder Luzifer wäre mal

dagewesen. Und sie glaube absolut nicht, dass
er verheiratet sei und zwei Kinder habe, das
passe nicht zu ihm, dafür sei er nicht der Typ.
Eins vielleicht, ja, wenns ein Unfall war.
Sie war sich auch sicher, dass die beiden wieder
zueinander finden, sie hatte ja auch von Anfang
an gewusst, dass sie zusammengehören. Wie oft
hatte sie Lilith damals gesagt, er ist DER EINE?
Lilith haate es nie geglaubt, verfluchte sich für
ihre Dummheit.
Eine Weile schwelgten sie in Erinnerungen an
damals, an die Zeit mit Luzi. Lilith suchte das
Foto raus, das sie gefunden hatte, mit der Tussi.
Mama sah auch sofort diese Verschlagenheit,
und Falschheit in deren Augen. Sie beruhigte
Lilith, und meinte, das habe er sicher schnell
bemerkt, er war nie dumm. Dann sinnierte sie
über die Weste, die er auf dem Foto trug, die
hatte ihr immer gefallen. Und dann lachte sie,
und meinte: „Ich weiss noch, wie er im Rock
nach Stupferich kam!" Das stand ihm aber auch
sehr gut, er war der einzige Goth der ihr nie
Angst gemacht hatte. Es war einfach er, dieser

ganze Style. Andere Klamotten hätten gar nicht gepasst, das wäre nicht er gewesen. Naja, er ist ja auch der Teufel….

Oh wie Lilith dieses Gespräch genoss! Sich endlich mit jemand unterhalten können, der Luzi auch kannte, und keine Märchen erfand, sondern sich einfach gemeinsam erinnerte….

Es war im September, Lilith konnte mittlerweile etwas besser humpeln, hatte sich an die Schmerzen gewohnt, da ging sie in den Wald. Sie hatte ja daheim noch versucht rauszufinden, wer für Mamas Krankheit verantwortlich war, und hatte es tatsächlich erkannt. Da dieser Typ früher viel bei Mama war, lag dort auch noch was Persönliches von ihm rum. Nun hatte Lilith alles, was sie für einen Fluch benötigte. Nur ein geeigneter Platz fehlte, weshalb sie in den Wald ging. Na gut, und um rauszukommen natürlich. Sie hatte leise Musik im Ohr, und lief einfach los. Luzifer war natürlich bei ihr. Sie lief eine ganze Weile einfach gradeaus in den Wald, bis sie eine

Gabelung entdeckte, die quasi zurück, aber auch bergauf führte, neben dem Weg auf dem sie gekommen war. Also ging sie dort hoch. Eine ganze Weile lief sie da entlang, dann wollte sie umkehren, um nicht allzulange weg zu sein. Aber Luzi drängte sie, weiterzugehen. Also ging sie weiter, und stand auf einmal vor einer Holzhütte. Sie erkundete das Gelände um die Hütte, und da war er: Ihr Platz! Von drei Seiten von Felsen umgeben, lediglich der Weg neben der Hütte führte dorthin. Perfekt! Auf dem Weg zurück sah sie ein Schild, und musste grinsen: Die Hütte gehörte zu einem Christenverein! Zurück lief sie dann auf Luzifers Anweisung anders, nicht weit von der Hütte entfernt begann die Strasse. Ja, sie führte tatsächlich zum Rathaus, und somit auf kürzerem Weg nach Hause.

Am kommenden Freitag war das Ritual geplant. Ihr Stiefvater war sicher, dort ist Party, er kannte die Hütte. Lilith wusste, da ist keine Party, da sie dort Ruhe brauchte und Luzifer dafür sorgen würde. Und so war es dann auch.

Bevor sie abends ging, holte sie ihren Sohn ins Wohnzimmer zu Mama, und legte das mächtige Luzifer Amulett unter ihr Kopfkissen. Dann packte sie ihre Sachen und lief los. Es war dunkel, aber Lilith hatte im Dunkeln keine Angst, noch nie gehabt. Sie genoss die Dunkelheit sogar, fühlte sich darin wohl.

Als sie von der Strasse auf den Waldweg kam, sie lief den langen Weg zu ihrem Platz, schien von hinten die letzte Strassenlaterne auf sie. Und Lilith sah zwei Schatten in dem Licht! Es lief jemand neben ihr! Nein, kein irdisches Wesen, es war ihr Luzifer, der ihr so zeigte dass er da war.

Am Ritualplatz angekommen, bereitete sie alles vor. Rief ein paar Helfer hinzu, die sich auch schnell bemerkbar machten. Da waren Schritte, Äste die fielen, Gewisper, so viele Geräusche, die ihr alle Sicherheit gaben. Anfangs hatte sie Bedenken, dass ein Mensch den Weg vorne entlanggehen könnte und ihr Feuer sah, aber das legte sich schnell. Keiner würde es wagen, den Weg heute zu gehen.

Nachdem sie das Ritual beendet hatte, machte sie sich auf den Weg zurück. Voller Dankbarkeit und Liebe, erlöst von dem Zorn und Hass den sie gegen den Typen gehabt hatte. Sie entledigte sich am Mülleimer der Reste, und ging beschwingt nach Hause, wo ihre Mutter bereits wartete.

Es ging ihr gut, es war nichts vorgefallen.

Am nächsten Tag ging es ihr sogar etwas besser! Oh wie freute sich Lilith darüber!

Leider sollte dies nicht lange anhalten, kurze Zeit später bemerkte Lilith, dass einer von Mamas Mundwinkeln hing. Also den Arzt geholt, der erst einen Schlaganfall vermutete, dann aber feststellte dass es keiner war. Lilith fand das gut, der Arzt war sich nicht sicher....

Dann fing es am Auge der selben Seite an, Mama konnte es nicht mehr richtig schliessen.... Bekam dann so ein Glas für nachts, um austrocknen zu verhindern.

Gabriel kam nun öfter vorbei, und manchmal gingen er und Lilith nachts, wenn ihre Mutter schlief, in den Wald. Lilith hatte den Platz in ihr Herz geschlossen, er gab ihr Kraft.

Bei einer dieser seltenen Waldbesuche kam Lilith die Idee, eine Rückführung zu wagen. Immerhin war Gabriel auch ein magisches Wesen, wenn er auch nicht viel davon wusste, und es auch nicht nutzen konnte. Lilith erklärte ihm, worauf er achten müsse, und begab sich in Trance…

Das erste was sie sah waren wunderschöne blaue Augen, die zu einem Engel gehörten, IHREM Engel! „Sami!" hauchte sie… Dann zogen blitzschnell Bilder vor ihrem inneren Auge ab: Sie in einem Garten, sie an Luzis Seite, ein Reich erschaffend, sie mit einer Horde Kinder zu Füssen, sie und Luzi Seite an Seite auf Thronen, Schlachten in denen einer von ihnen grausam starb. Und über allem eine Stimme, die ihnen ewiges Leiden versprach….

Jäh kehrte sie zurück, schockiert über das

Gesehene. Aber sie wollte es nochmal probieren…

Sie befand sich in einer Hütte aus Holz, spartanisch aber liebevoll eingerichtet. Ein Kleinkind auf dem Arm, ein Kind lag im Bett und schlief. Und sie wusste, sie war schwanger mit einem weiteren. Und in heller Aufregung, da ihr Luzifer seit Stunden nicht zurückkam. Er wollte jagen, etwas zu essen besorgen, und längst überfällig. Dann machte es einen Zeitsprung, sie sah sich einige Monate später, ausgemergelt, krank, die Kinder tot. Er war nicht zurückgekommen, und sie wusste nicht warum. Sie verstand es nicht, wusste er würde sie niemals verlassen. Da holte Gabriel sie raus.

Lilith war verstört, wie grausam war das denn bitte? Was war mit Luzifer passiert in jenem Leben??
Und plötzlich sah sie es, in wachem Zustand, ohne Trance. Es war wohl seine Erinnerung: Ein Wildschwein mit langen Hauern raste auf ihn zu, er hatte keine Chance zu entkommen. Das Tier

tötete ihn grausam. Sein letzter Gedanke galt Lilith und den Kindern, und dass er sie verlassen musste ohne Abschied. Auch seine Qualen deshalb fühlte sie, als wären es ihre eigenen.

Nun hatte sie genug, und auch Gabriel verwehrte ihr eine weitere Rückführung. Also gab sie nach.
Am nächsten Tag lief sie mit Gabriel durch den Wald rüber nach Stupferich, da er den Weg allein nicht finden würde. Sie sprachen über das Gesehene, und über ihre Mutter, und die allgemeine Situation. Dann trennten sich die Wege, Lilith lief zurück. Und brach plötzlich in Tränen aus! Die Tränen liefen wie Sturzbäche ihre Wangen hinab, alles stürzte auf sie ein. Sie hatte dieses Leben sehen müssen, um zu wissen was damals passiert war. Dass er sie wirklich nicht einfach verlassen hatte, sondern durch den Tod am heimkommen gehindert wurde. Er hatte es nicht gewollt, er hatte genauso darunter gelitten!
Instinktiv wusste Lilith, dies war ein weiterer sehr wichtiger Schritt in ihrer beider Leben.

Sie pflückte dann noch einen
Wiesenblumenstrauss für ihre Mutter, sie liebte
das.

Dieser Strauss sollte etwas zeigen...

Der Tod

Am 23.9. ging es wieder drunter und drüber.
Erst kam eine ehrenamtliche Hilfskraft sich
vorstellen, dann kam die Brückenschwester und
legte die Morphiumpumpe bei Lilith´s Mutter,
dann kam eine Bekannte von ihrem Bruder die
ebenfalls in der Pflege arbeitete. In all dem
Chaos bekam Lilith einen Impuls gesendet, von
wem wusste sie nicht. Also fragte sie ihre
Mutter: „Mama, willst du gehen?" Und diese
sagte ja. Lilith kamen die Tränen, aber sie sagte
tapfer: „Dann lasse ich dich gehen, auch wenn
ich nicht bereit dazu bin!" Ihre Mutter bedankte
sich…

Abends lag sie in ihrer Schublade, die sie wegen
ihrem Fuss aus dem Zimmer ihres Sohnes geholt
hatte, da sie auf dem Sofa konnte damit nicht
liegen konnte. Luzifer war wie immer bei ihr.
Plötzlich legte er seine Hand auf ihren Solar
Plexus, so fühlte es sich zumindest an. Sie war
verwirrt, fragte was er da tut. Er meinte nur: „Du

möchtest doch, dass ich das Teil aktiviere, das du von mir hast." Die ganze Zeit hatte er sich dagegen gesträubt, hatte immer gesagt sie müsse das alleine tun. Lilith freute sich, und war dankbar. Sie fragte, was das ändern würde, er sagte das werde sie wissen wenn sie es braucht.... Dann nahm er sie fest in den Arm, und hielt sie einfach nur....

Am nächsten Tag kamen irgendwann ihr Bruder und seine Freundin. Wie immer sofort aufs Sofa, im Handy spielen. Lilith war heute extrem schusselig, wusste nicht warum. Hatte schon ihre Mutter mit dem Babygläschen (das war alles was sie in letzter Zeit zu sich nahm, ein paar Löffelchen Babygläschen am Tag) total eingesaut. Als ihre Mutter dann was trinken wollte, bat sie deshalb ihren Bruder, dies zu übernehmen, da sonst womöglich die ganze Flüssigkeit im Bett landen würde. Mama atmete auch ganz komisch, sie röchelte total beim Atmen. Ihr Bruder rief dann seine Bekannte an, und hielt das Telefon neben Mama, damit das Geräusch hörbar wurde. Die Bekannte meinte, das klinge gar nicht gut, und sie sollten sich besser darauf einstellen dass Mama geht....

Und kurz danach war es soweit...

Sie standen um ihr Bett, weinten, hielten ihre Hand. Lilith machte sich Gedanken, Vorwürfe. Irgendwann stand fest, Mama wollte Lilith´s Cousine dabeihaben. Also angerufen, sie versprach sofort zu kommen. Lilith rief Gabriel an und sagte ihm Bescheid, nicht um ihn herzuholen, aber um ihn vorzubereiten.
Als ihre Cousine kam, war Lilith dankbar. Diese hatte Erfahrung, hatte vor gar nicht langer Zeit ihre eigene Mutter begleitet. Überhaupt war sie ihr eine Stütze gewesen in all der schweren Zeit. Sie holten auch den Arzt dazu, welcher die Morphiumdosis an der Pumpe erhöhte, er meinte damit werde Mama das Atmen leichter fallen. Sie sollten aufpassen was sie redeten, Mama würde alles mitbekommen, gab er noch zu bedenken.
Irgendwann sagte ihre Cousine, manchmal gehen die Sterbenden erst, wenn sie alleine

sind. Also ging Lilith zu ihrem Stiefvater, um ihm das zu sagen. Dieser war grade kurz in die Küche gegangen, etwas trinken. Dann sagte sie auch ihrem Sohn Bescheid, der aber sowieso nicht dabei sein konnte, er ertrug dies psychisch nicht. Als Lilith ins Wohnzimmer zurückkam, sass nur noch ihre Cousine bei ihrer Mutter. Lilith blieb stehen, wollte ihre Hand auf die Schulter ihrer Mutter legen, wie sie es so oft getan hatte wenn sie ins Wohnzimmer kam. Es war ein Ritual geworden... Aber ihre Cousine schob ihre Hand weg, und schüttelte den Kopf. Sprach sanft zu ihrer Mutter, dass sie loslassen dürfe, gehen könne. Lilith ertrug es nicht mehr, sie konnte dies nicht mitansehen, obwohl sie es eigentlich versprochen hatte...

Also ging sie auf den Balkon, eine rauchen. Ihr Bruder kam ihr entgegen, er ging rein sie raus. Draussen fiel sie seiner Freundin quasi in den Schoss, sie konnte sich nicht mehr auf den Beinen halten. Da sass sie nun, auf dem Boden, den Kopf im Schoss ihrer quasi Schwägerin liegend, und heulend wie ein Schlosshund.

Plötzlich hörte sie die Balkontür aufgehen...
Sicher dass es ihr Bruder war, der sagte Mama
sei gegangen, drehte sie den Kopf. Aber, da war
niemand, die Tür war unverändert! Da wusste
sie es: Entweder war Mama gegangen, oder es
war jemand gekommen, um sie abzuholen... Und
so war es auch, denn keine Minute später kam
tatsächlich ihr Bruder raus und sagte zu seiner
Freundin, sie solle den Arzt anrufen.....

Der restliche Tag war wie im Nebel, Lilith
wusste, sie hatte Gabriel angerufen, Mama noch
eine Sprachnachricht von ihm vorgespielt, es
waren eine Menge Leute da, an viel mehr
erinnerte sie sich nicht. Doch, ein Bild sollte sie
auf ewig verfolgen: Der Arzt und ihre
Stiefcousine, die ihre Mutter rumwarfen um den
Katheter zu ziehen.... Dabei war Mama
empfindlich gewesen, und man hatte sie ganz
vorsichtig drehen müssen... Als das geschah war
sie froh, dass eine Freundin ihrer Schwägerin da
war, denn diese erkannte sofort was los war und
zog Lilith in ihre Arme. Auch sie hatte ihre

Mutter verloren, konnte es also gut
nachempfinden…

Irgendwann war sie duschen, und sie wickelte
sich in Mamas Handtuch ein, das gab ihr Trost.
Und da kam dann auch die Antwort: Was ihr
Luzifer gegeben hatte, war ein Schalter, den sie
nutzen konnte, um zeitweise ihre Gefühle
auszuschalten! Wenn sie funktionieren musste
oder so…

Irgendwann war dann auch Gabriel da….
Sie fuhren spät abends in die Felder, in
altbekannter Konstellation: Lilith, ihr Bruder,
seine Freundin, und Gabriel. Dort hörten sie
Musik, tranken Bier, und erinnerten sich an
Mama. Alles was sich in Liliths Hirn gebrannt
hatte von dem Abend war das Lied: „My Mother
told me"
Und dass sie Gabriel irgendwann ihre Kette mit
dem Teufelskopf gegeben hatte, weil er fast
zusammengebrochen war, und er kurz danach
zu ihr kam und sie bat, die Kette an sich zu

nehmen wieder. Er kam mit der Kraft nicht klar, den diese Kette hatte.

Die Zeit danach war meistens der Schalter aktiv, sie musste ja so vieles regeln, die Beerdigung musste organisiert werden, wo sie helfen musste und auch wollte, Sachen aussortiert, Leute informiert werden, das Bett etc musste abgeholt werden, Verträge gekündigt werden,…. Lilith fiel auf, der Blumenstrauss den sie ihrer Mutter gepflückt hatte, hatte genau bis zu ihrem Tod gehalten. Mit Mama waren auch die Blumen gestorben…

Der Schalter und Alkohol, das hielt sie aufrecht. Rumcola, ihr Standart Getränk in schweren Zeiten….

Dann kam der Tag der Beerdigung….

Lilith hatte Angst davor, ihre Mutter tot zu sehen, im Sarg liegend. Aber, als sie dann vor ihr stand, sah sie deutlich: Das was da lag, war nur noch eine Hülle, es war längst nicht mehr ihre Mama. Sie steckte ihr trotzdem noch den Ring an den Daumen, auf den Mama so lange und fieberhaft gewartet hatte, und der leider zu spät kam.

Die Zeremonie war schön, ihr Sohn spielte tatsächlich „Hallelujah" auf der Gitarre, Lilith und ein paar andre sangen dazu. Dann kam der Moment, vor dem sich Lilith gefürchtet hatte: Der Sarg wurde in die Erde gelassen! Von Luzi wusste sie, spätestens da musste sie den Schalter ausschalten, sonst war die Gefahr gross dass dieser sich festsetzt. Als es jetzt so weit war, sagte Luzi, sie soll ihn lieber anlassen, sie beide würden das schaffen… Aber Lilith machte ihn aus… Und wäre zusammengesackt, wenn nicht Gabriel genau in dem Moment gekommen wäre und sich hinter sie gestellt hätte….

Dann lagen sie sich in den Armen, sie, Gabriel, und ihr Sohn. Lagen sich in den Armen und heulten. Als sie sich gefangen hatten, und alles vorüber war, gingen sie alle zu ihrem Bruder rüber, dort im Hof fand die Feier statt. Mama hatte es sich lustig gewünscht, sie taten ihr Bestes.

Lilith blieb noch knapp zwei Wochen, dann fuhr sie wieder heim nach NRW.

Sie hatte Angst davor, allein zu sein. Das erste Mal seit Langem hatte sie Angst davor, allein zu sein....

Naja, in dem Sinne allein war sie ja nicht, Luzifer und auch ihr Kater waren ja da. Aber so ganz ohne einen Menschen bei sich, das machte ihr Angst....

Wieder daheim

Am 18.10. kam Lilith Zuhause an. Sie stürzte sich in Aktivitäten, räumte alle Taschen aus, dann fing sie an, die Wohnung zu renovieren. Erfüllte sich einen Jugendtraum: Wände schwarz, und Lichtschalter etc rot.
Irgendwann begann sie, Luzifer zu ignorieren. Sie wollte, dass er sie vermisst, und sich körperlich meldet....

Dies hielt sie aufrecht, bis ihr am 27.10. durch ein YouTube Video einer Kartenlegerin die Augen geöffnet wurden: Diese machte ein ähnliches Channeling wie der schwarze Spiegel, und was da kam passte so gut auf Luzifer: „Was tust du da? Ich weiss das ist ein Spielchen, ich renne dir nicht nach!" lautete die Botschaft etwa! Lilith erschrak, und ging abends zu ihm. Sie sprach mit ihm, dass sie seine Angst verstehe, aber dass ihr seelisch nicht mehr reicht. Sie braucht einen Menschen neben sich, mit dem sie reden kann, den sie berühren kann.

Sie ist einsam, erträgt das Alleinsein nicht.
Dann sagte sie, er könne ja sein tolles
Scheinleben weiter aufrecht erhalten, das er
sich aufgebaut hatte. Aber er solle bedenken,
dass sie das ebenfalls, vielleicht sogar besser
kann...
Dann fiel es ihr wie Schuppen von den Augen:
Nicht nur sie litt, und vegetierte vor sich hin
ohne ihre Seelenliebe. Nein, ihm ging es ja
genauso! Sie gingen nur verschieden damit um!

Als Lilith Anfang November probierte, über Apps
mit einem ihrer Eltern zu reden, kam auf ihre
Frage, ob jemand da sei, die Antwort: „Ja,
Sami!" Lilith war baff... Sie startete ihr
Diktiergerät, das sie leider vorher vergessen
hatte, und fragte nach: „Sami?" Die Antwort
kam prompt: „Ja" Leider war alles weitere
unverständlich.

Der 7.11. war dann ein Tag voller Chaos für
Lilith. Zuerst war es ein Gefühl wie damals,
2011, als er sich gemeldet und dann auch
vorbeigekommen war. Danach komplett

chaotisch, hin und her. Freude, Trauer, Schmerz, das von 2009 im Wechsel mit 2011… Sie überlegte, solle sie es auflösen, spiegeln? Was tun? Kam es von ihm, von ihr, von beiden? Irgendwann ging es von alleine weg. Sie fasste den Entschluss, wenigstens zu versuchen, ihr Leben ohne ihn zu geniessen, und eine Wohnung in Stutensee zu suchen. Da Mama nun nicht mehr war, musste sie auch nicht mehr dort in der Nähe suchen, sondern war frei.

Abends ging sie astral, aber zu Cobi. Sprach mit ihm, unter andrem wie es so ist als Mischwesen, halb Hexe halb Dämon? Er meinte, sowas gibt es öfter als man denkt, zumindest Mischwesen aus Dämon und Mensch, allgemein Mischwesen eben. Seine Seele ist wie jede andere auch, unsterblich, kann inkarnieren, etc. Plötzlich kamen Lilith Bilder von ihrer Mutter in den Kopf… Erinnerungen, Schuldgefühle. Hatte sie doch Fehler gemacht? Sie hätte stärker sein müssen,… Cobi wollte sie dann in ihr Bett bringen, sie wehrte sich. Sagte, das endet in Sex wenn Luzifer kommt, und das wolle sie nicht!

Dann fiel ihr Cobi´s Gesichtsausdruck auf…. Im
selben Moment fragte auch schon Luzifer, was
sie denn nicht wolle? Cobi verzog sich lieber…
Luzifer kam ihr immer näher, bis sie mit dem
Rücken an der Wand stand…. Sie redeten, und
irgendwie schossen Lilith dauernd Bilder in den
Kopf, Visionen, Wünsche. Durch die
Verbundenheit sah er diese auch. Eins war
besonders schön: Er entfaltete seine
wunderschönen Flügel, und hüllte sie sanft darin
ein. Leider grinste er nur, schüttelte den Kopf
und raunte: „Nope, Wunschdenken!" Das nahm
sie zum Anlass, ihm zu sagen wie sehr sie das
Engelhafte an ihm liebe. Naja, er gar nicht, wie
sie auch wusste. Dann sprachen sie über die
Bilder und Visionen, und er sagte ihr, dass sie
das auch körperlich kann, wenn sie trainiert.
Sie kamen dann auf ihre Situation zu sprechen.
Sie sagte, er rennt keinem nach, ok, aber sie soll
es tun? Sie zermartert sich ihr Hirn, weiss nicht
mehr was ist richtig was falsch, kann ihr Leben
nicht leben da sie dauernd an ihn, an ein
gemeinsames Leben denkt, ihr Leben nach ihm

ausrichtet.

Er nahm sie in die Arme, und brachte sie ins Bett. Legte sich hinter sie, seine Arme um sie geschlungen. Das war so schön! Sie drückte sich enger an ihn, er seufzte und raunte: „Lass das lieber!", drückte sich gleichzeitig aber auch an sie...Sie fühlte, wie erregt er war, wurde es sofort auch. Sie erwiderte seinen Druck nochmal... Nach kurzer Frage von ihm: „Wirklich?" die sie bejahte, kam es wie es kommen musste: Sie schliefen miteinander. Oh wie sie das genoss! Sie liebte Sex mit ihm, war sie ihm dann doch besonders nah...

Aber danach haute er ihr sanft auf den Hintern, zog sich an und ging! Sie war wie betäubt, was sollte das jetzt? Ging dann in ihren Körper zurück, eine rauchen. Als sie danach wieder astral ging, war auch er wieder da, und meinte: „Ach da bist du ja wieder!" Lilith schaute ihn an, und sagte ihm, sie bereue es zwar nicht, trotzdem hätte es nicht passieren dürfen. Er nahm sie nicht in den Arm, sagte nichts mehr, irgendwann schlief sie ein.

Der nächste Tag hielt eine wichtige Lektion für sie bereit. Als sie astral ging, und Luzifer traf, wollte sie mit ihm reden. Er schaute sie eiskalt an, griff sie am Arm und führte sie in eine Nische. In diesem Moment erkannte sie, dass er seinen Schalter aktiviert hatte! Sie sprach ihn drauf an, er meinte, er habe das getan weil sie es gestern auch getan hatte. Naja, hatte sie, aber nur ganz kurz, eigentlich unmerklich. Und dass sie es ja beherrsche, er aber nur bei Unwichtigem, wie zum Beispiel seiner Aura verändern. Bei wichtigen Dingen aber könne er ihn nicht mehr deaktivieren, auch das hatte er ihr gesagt damals, als er ihr den Schalter erklärte. Sie meinte dann, ok, wenn er das so will, sie kann das ja auch, und aktivierte ihren Schalter vollständig. Es war toll, kein Leid, kein Schmerz, einfach nur Freiheit! Er wollte sie wegbringen, vermutlich in ihren Raum, aber sie wehrte sich, und sagte, die Zeiten in denen er über sie bestimmen könne seien vorbei. Er probierte es weiter, sie wehrte sich weiter. Als er fragte, warum sie denn noch hier sei, wenn

sie ja doch nicht mit ihm gehen wolle, meinte
sie, sie überlege noch was sie jetzt anstellen
kann mit der neu gewonnenen Freiheit.
Irgendwann ging sie in ihren Körper kurz zurück,
wollte dort weiter überlegen. Und bemerkte
ihren Fehler: Ohne Gefühle keine Fähigkeiten!
Also deaktivierte sie den Schalter, und ging
zurück. Sie fand Luzifer in ihrem Raum,
versuchte erst zu spielen, ihm vorzumachen sie
sei immer noch gefühllos. Natürlich klappte das
nicht, er kannte sie ja. Und dann bestätigte er
ihr, was sie befürchtet hatte: Er bekam seinen
nicht aus! Sie schaffte es irgendwie, ihm zu
helfen. Oh, tat das gut, als er endlich wieder er
war, und in ihren Armen lag! Sie schworen sich,
so etwas nie wieder zu tun.
Streit ok, kommt vor. Aber sich gegenseitig so zu
verletzen, das ging weit über Streit hinaus.
Damit konnten sie alles zerstören, das war ihnen
beiden bewusst geworden.

Am nächsten Tag schaute Lilith ein
Seelenpartner-Webinar, und dort wurden ihr die
Augen geöffnet: Man solle den Partner gar nicht

leiden lassen, im Gegenteil! Man solle eigene Traumata lösen, und somit dem Partner den Weg ebnen, zeigen, seine eigenen Traumata zu lösen! Spiegelprinzip. Selbst banal erscheinende Kindheitsthemen konnten bahnbrechend sein, vor allem weil jeder Mensch anders empfindet, was für den Einen banal, ist für den anderen ein Weltuntergangsthema...

Als Lilith abends astral ging, fand sie Luzifer am Schreibtisch sitzend und lesend. Sie setzte sich auf seinen Schoss, fragte was er liest. Er meinte, er sucht etwas... Und Lilith sah was er suchte: Er wollte seine wunderschönen schwarzen Engelsflügel verändern, in diese Fledermausähnlichen Dämonenflügel, mit denen er immer gezeigt wurde! Lilith bat ihn, sie zu lassen wie sie sind, sie fand sie wunderschön wie sie waren. Sie gehörten genau so zu ihm. Er versprach es, hatte eh keinen Weg gefunden sie zu ändern.
Sie weihte ihn dann in den Plan ein, sich

gegenseitig zu helfen, Traumata zu erlösen. Er fand die Idee gut, und so machten sie sich daran….

Er erzählte ihr eine Begebenheit aus der Bundeswehrzeit, die sehr traumatisch gewesen war. Er weinte, Lilith liess ihn weinen, tröstete ihn.

Lilith erzählte, wie sehr sie es bereute, ihn 2012 weggestossen zu haben, sie wünschte sich eine Zeitmaschine um das rückgängig zu machen. Er hielt sie die ganze Zeit, liess sie weinen, und tröstete sie. Er war sich sicher, es war nicht vorbei. Es musste damals so kommen, es wäre garantiert übel ausgegangen, die Zeit damals war nicht die Richtige. Lilith hatte nicht alles zerstört, er liebte sie noch immer, würde sie immer lieben, er hatte sie nie vergessen. Sie solle vertrauen, er wisse ganz genau dass sie sich wiederfinden, und glücklich werden. Aneinander gekuschelt schliefen sie dann ein.

Tags darauf ging sie astral erstmal zu Cobi, etwas quatschen. Als Luzifer kam, kuschelte sie sich an ihn. Er tat etwas eifersüchtig, zum Spass.

Lilith sagte ihm, er ist der Einzige für sie. Er meinte dann aber, er kenne ihr Beuteschema, und da falle Cobi genau rein, er aber nicht, und Lilith erwiderte: „Ich habe nur noch ein Beuteschema, und das habe ich im Arm!" Cobi schickte sie dann in ihr Zimmer, meinte das sei ja nicht zu ertragen, das Gesäusel. Lachend verschwanden die beiden. Luzifer begann sich auszuziehen, Lilith konnte ihre Augen nicht von ihm lassen, welch herrlicher Anblick! An ihm war einfach alles schön! Er bemerkte es natürlich, und grinste.

Sie legten sich hin, und kuschelten bis sie einschliefen.

Die Schlacht

Einige Zeit später tobte eine Schlacht in ihrem Reich, von der Lilith aber erstmal nichts mitbekommen sollte. Aber sie sollte so einiges verändern...

Luzifer hatte Lilith ja gesagt, dass irdische Körper sterben können, aber dass dies durch diese Schlacht ausgerechnet ihrem Vertrauten, Cobi, passieren sollte...

Als sie ankam bei Luzifer, sah sie ihn ganz unüblich dasitzen. Sie ging zu ihm, und sah, dass ein metallisch schimmerndes Teil in seinem Schenkel steckte. Sie sagte, er soll die Finger weglassen, grade er als Sani musste wissen, dass rausholen tödlich enden kann. Sie schleppte ihn zu Vlad, damit dieser Marla, die Heilerin rufen konnte. Diese weigerte sich, zu helfen, da sie und die anderen Hexen ihres Zirkels den Angriff mit ausgeführt hatten. Und das Teil in Luzifers Schenkel sei mit einem Gift überzogen, das Dämonen tötet. Lilith sagte, Luzifer ist kein Dämon, er ist ein Engel, und Marla solle ihn jetzt heilen, ansonsten werde sie sich ebenfalls damit verletzen, und bei ihr sei es tödlich. Sie wusste, da Cobi Marlas Sohn war, dass dies ziehen würde. Denn Cobi war als Mischwesen nicht sehr angesehen, und nur seine Stellung ihm Ansehen gebracht hatte. Würde Lilith sterben, wäre er erst recht geächtet. Mit diesen Worten schnitt sie sich das Handgelenk an dem Teil auf. Nun handelte Marla. Vlad gab Luzifer was zum Schlafen, Marla zog das Teil raus. Ein riesen Schwall Blut, dann verschloss sie die Wunde. Marla heilte auch Lilith, hier dauerte es allerdings wesentlich länger, und Lilith fühlte sogar körperlich die Schmerzen.

Marla wunderte sich darüber, und so erzählte Lilith ihr, was sie bis dahin wusste: Dass sie von Luzifer geschaffen wurde und dann ihm entrissen und zu Adam´s „Spielzeug" gemacht wurde. Dass Luzifer der Erstgeborene Engel war, wie sie beide rebellierten, und er ihr letztendlich ihre Kräfte gab und damit auch zur Urhexe machte. Luzifer, noch etwas schlaftrunken, freute sich, dass sie soviel mittlerweile wusste.

Und zeigte dann sogar seine wunderschönen
Flügel! Und zum ersten Mal berührte Lilith
diese…
Sie fühlten sich toll an, weich, flauschig, aber
auch sehr stark, sie fühlte die harten Muskeln
unter den Federn. Herrlich!
Als sie dann endlich beide wieder soweit fit
waren, dass sie reisen konnten, gingen sie nach
Hause in ihr Reich.

Zwei Tage später sah Lilith sich ein Live in
Facebook an. Da ging es um die momentanen
Energien, etc. Und dort schrieb eine tatsächlich,
Dämonen würden grade Engel angreifen! Damit
bestätigte sich wieder etwas astral Erlebtes im
Irdischen. Nur, wie gewohnt, natürlich verdreht.
Natürlich waren wieder die „bösen" Dämonen
schuld! Dass es in Wahrheit genau umgekehrt
war, das wollte keiner wissen! Oh wie sie
langsam die Menschen und allen voran die
angeblich ach so „Guten" hasste!
Abends astral erzählte sie ihrem Luzifer davon,

und fragte ihn, was ihn eigentlich bewogen hatte, den sicheren inneren Kreis zu verlassen, und in die Schlacht zu rennen? Zumal ja klar war, an wen die ranwollten, wen die angreifen wollten! Er hatte ihr versprochen, nicht mehr zu kämpfen, wie auch sie ihm versprochen hatte, nicht mehr zu kämpfen! Grade aus dem Grund, weil man körperlich sterben konnte...

Er sagte, das sei Instinkt gewesen, das Zuhause, das Reich, schützen...

Und ihr treuer Cobi, der genau wusste, wenn Luzifer etwas zustösst, würde Lilith das zerstören, er rannte Luzifer nach. Wollte ihm beistehen, ihn abhalten, das wusste keiner mehr genau. Was sie wussten, war, dass Luzifer die Waffen als Dämonentötende Waffen erkannte, und deshalb Cobi aus der Schusslinie schubste, dadurch selbst was abbekam, was Lilith ja bereits wusste. Aber, dadurch dass Luzifer Cobi schubste, geriet dieser zwar aus der einen Schussbahn raus, aber dafür in eine andere: In die eines Kriegers ihrer eigenen Seite! Leider erwischte dieser ihn dermassen, dass sein

irdischer Körper es nicht verkraftete und starb....
Später stellte sich raus, es war Beli´s Waffe, die
Cobi getötet hatte...

Erkenntnisse

Der 18. November war da, der erste Geburtstag ihrer Mutter, ohne sie. Lilith fürchtete diesen Tag, aber sie musste ihn nicht alleine verbringen. Gabriel kam sie ein paar Tage besuchen. Er half ihr noch den Rest renovieren, Decke streichen. Am Geburtstag ihrer Mama machten sie Gläserrücken, und sprachen sehr viel von ihr, erinnerten sich gemeinsam an sie. Lachten und weinten zusammen.

Am 25.11. überkam Lilith plötzlich eine mega Sehnsucht, ein Vermissen, ein Schmerz, der ihr fast das Herz zerriss. Und mitten in dem Schmerz, floss enorm viel Liebe von Luzifer zu ihr, erwärmte sie, beruhigte den Schmerz, schenkte ihr Vertrauen. Der Schmerz, das Leid, wurde ersetzt durch ein Glücksgefühl, eine Vorahnung auf etwas Tolles, pure Vorfreude. Dann sah sie einen Status: „ So lange ihr euch nicht seht und trotzdem liebt, seid ihr durch ein telepathisches Band verbunden. Wenn ihr euch tief im Herzen spürt, erwacht ein neues Bewusstsein für Seelenliebe und ihr begegnet euch im Aussen wieder. Vertraue der Liebe!"

Was für eine Wahnsinns Bestätigung!

Am 4.12.2021 wollte Lilith von Luzifer wissen, wo er einen Ehering tragen würde. Sie fragte das, weil sie durch Gabriel auf eine Idee gebracht wurde: Sie war seelisch mit Luzifer verbunden, trug aber körperlich keinen Ring. Sie wollte aber, dass auch körperlich jeder sah, dass sie vergeben war. Also hatte sie sich einen Ring bestellt, mit Gravur. Und wollte nun wissen, wo sie den tragen solle. Seine Antwort rührte sie: „Wir beide? Links, natürlich. Links, am Herz!" Oder hatte er gesagt MEIN Herz? DAS hatte sie nicht genau verstanden, war aber auch egal. Er meinte dann noch, bei jeder andren hätte er gesagt rechts, bzw. würde ihn rechts tragen, da er keine so lieben würde wie Lilith. Und wer ihn rechts trägt, liebe nicht richtig, seine Meinung. Dann fiel ihr ein, dass sie eine Partnerkette gekauft hatte. Fledermausflügel in hell und dunkel. Also fragte sie ihn, welchen der beiden Flügel er denn davon haben wolle? Er sagte: „Das Helle, denn du bist das Licht, das meine Dunkelheit erhellt!" Lilith schmunzelte, und erwiderte: „Das passt ja, denn du bist die Dunkelheit, die mich umhüllt und beschützt!"

Einige Tage später fand Lilith ihren Luzifer astral nirgends. Sie bekam Angst, war er bei einer anderen? Sie ging zu Marla, die mittlerweile oft bei ihnen war, und Cobi. Sie sprach mit den beiden, und Marla gab ihr einen entscheidenden Hinweis: Da war eine Angst aus der Kindheit, die bearbeitet werden wollte!
Ja, es stimmte. Ihr Vater war ihrer Mutter untreu gewesen, dann kam ja die Trennung. Und dann sah sie, dass ihre Mutter ihren Vater bis zu ihrem Tod geliebt hatte…. Deshalb hatte sie Angst, dass er untreu ist, deshalb verbiegt sie sich für ihn, um ihm keinen Grund zu geben untreu zu werden… Marla sagte auch, Lilith solle an eine Tüte Chips denken. Da ist das Aussen, die Tüte, auch egal, nur das Innere ist wichtig, die Chips. Wer die Tüte anfasst, interessiert

nicht, da die eh in den Müll fliegt. Und so ist es bei Luzifer und ihr: Der Körper, das ist die äussere Hülle, die Tüte die im Müll landet, die vergeht. Aber das Innere, die Seele, die gehört nur ihr. Dies würde niemals eine andere berühren können...

Tags drauf eskalierte es astral. Lilith wollte mit Luzifer reden, aber sie verstrickten sich in Missverständnissen, wie so oft.
Da es Lilith körperlich unmöglich war, mit einem Mann intim zu werden, da Luzifer es verhinderte, und sie ihrerseits nichts tun konnte, um es bei ihm zu verhindern, wollte sie einfach offen reden. Sie wollte, dass er mit der Manipulation ihres Lebens aufhört, da sie seines ja auch nicht manipulieren konnte. Er hatte immer schon Gleichberechtigung gewollt, also solle er sie jetzt auch herstellen.
Er verstand aus diesem Gespräch aber, dass Lilith mit anderen Männern schlafen wollte...
Er rastete aus und raste aus dem Zimmer.

Lilith war erstmal starr vor Schreck. War er jetzt endgültig weg? Ging er wieder komplett in den Rückzug wie bereits zweimal irdisch??
Sie überwand die Angst, und ging ihm nach. Wollte mit ihm reden, er stiess sie weg. Den Krach bekam Cobi mit, durch seine Rolle als ihr Vertrauter war er ja nie weit weg. Luzifer sah ihn, und stiess ihm Lilith in die Arme mit den Worten: „Da hast du ja gleich den ersten zum Fi**en!" Daraufhin machte sich Lilith von Cobi los, und verpasste Luzifer eine Ohrfeige. Er packte sie, sie riss sich los. So ging das ewig Hin und Her. Der arme Cobi versuchte verzweifelt, zu vermitteln, wenigstens Lilith zu beruhigen. Es klappte nicht. Da platzte ihm der Kragen, und er schnauzte Luzifer an: „Du bist ein bescheuerter Hund, weisst du das? Du hast eine super Frau an deiner Seite, alles was sie will, ist dich auch körperlich in ihrer Nähe haben, auch irdisch ihr Leben mit dir teilen, und du? Verkriechst dich lieber in einem aufgebauten Scheinleben, als dich bei ihr zu melden, als ein Leben mit der Frau aufzubauen, zu der du gehörst! Sag nicht,

es ist schwer, denn das ist es nicht. Sag nicht, die Entfernung ist zu gross, denn das stimmt nicht. Keine Entfernung kann zu gross sein, wenn man jemanden liebt! Wenn sie meine Frau wäre, und ich noch am Leben wäre irdisch, ich wäre längst bei ihr, mich würde nichts und niemand aufhalten oder davon abhalten können!"
Wow, so hatte ihn noch keiner erlebt!

Daraufhin wurde Lilith gefährlich ruhig. Sie trat ganz nah an Luzifer heran, und meinte: „Mach es, aber richtig. Töte mich, aber endgültig. Ich habe nichts mehr, das mich hält, ausser meinen Kater. Die restliche Welt, die wir ja retten sollen, ist mir egal. Der eine Mensch, den ich will, für den es sich zu leben lohnt, will mich nicht, meldet sich nicht. Wofür also soll ich weiter kämpfen, weiter leiden? Für wen soll ich am Leben bleiben?"
Er konnte die Frage nicht beantworten, wurde ganz still. Schaute sie nur an, und nahm sie in den Arm. Er führte sie in ihr Zimmer, setzte sich mit ihr im Arm aufs Bett. Zog sie dann auf seinen Schoss, dass sie sich anschauen konnten. Wie sie

so oft sassen, auch körperlich gerne früher. Und dann tat er etwas Wunderbares: Er hüllte sie in seine wunderschönen Flügel ein, genauso wie sie es in der Serie Lucifer gesehen hatte, und was sie seitdem öfter mal erträumt hatte zu erleben!

Bis zum 2.1.2022 geschah nichts Besonderes. Lilith hatte Silvester wie so oft allein verbracht. Nur dass diesmal nicht Mauli, sondern ihre Eltern im Vordergrund standen. Sonst hatte sie um 0 Uhr immer ihre Mama angerufen, das konnte sie nun nicht mehr. Auch die Plänkeleien über WhatsApp mit ihrem Vater hatten ihr gefehlt. Dazu natürlich, wenn auch nicht vordergründig, so doch vorhanden, die Gedanken an Mauli... Naja, sie hatte es überlebt. An diesem Morgen nun, als sie auf den Balkon ging, sah sie einen Höllenhund in den Wolken. Und da fiel ihr die letzte Nacht ein: Sie war astral gegangen, Luzifer stand bei einem Seher oder so, ihr war der Name Helios in den Kopf geschossen. Sie sahen in eine Art Spiegel, und beobachteten die astralen Schlachten, und sahen dass ihnen der Sieg nahezu sicher war. Lilith hatte dann auch über eine neu aufkommende Angst geredet, die im Grunde auch ihr grösster Wunsch war: Würde sie es schaffen, mit Luzifer irdisch zusammenleben zu können? Sie war doch das Alleinsein gewöhnt... Mittags fand sie dann eine Meditation, passend zu ihrer Angst von letzter Nacht, die sie natürlich gleich machte.

Abends, als sie astral ging, war Luzifer wieder bei Helios. Da dieser Vergangenheit, Gegenwart und Zukunft sehen konnte, fragte Lilith ihn, was an dieser einen Begegnung damals so besonders war? Sie sah das Bild seit Stunden vor sich: Kaserne, er stand am Fenster, und sein Blick zu ihr...

Luzifer erzählte dann, dass der ganze Tag damals einfach mies war, und sie zu sehen war sein Lichtblick gewesen.

Helios ging tiefer: Was wisse Lilith noch von vorher?

Das war nicht viel, nur dass sie sich auf Anhieb super verstanden hatten, seine Ausstrahlung sie in den Bann gezogen hatte, seine Aussage diesbezüglich zu ihr, sie könne das auch, und dass er am nächsten Tag wie selbstverständlich oben bei Mama sass und Kaffee trank.

Helios grinste, und wollte mehr über diesen Tag in der Kaserne wissen, wie denn dieser Moment zustandegekommen war?

Lilith erzählte, dass sie einen langersehnten Tattootermin hatte bei einem Kamerad ihres Bruders, in eben dieser Kaserne. Ihr Bruder ihr dann die Kaserne gezeigt, sie auch auf den sogenannten „Karnevalszug" aufmerksam gemacht hatte. Luzifer war damals nur ein Kamerad ihres Bruders gewesen, den sie zwar kannte und mochte, aber mehr war damals nicht, zumindest nicht bewusst. Sie hatte sich gefreut, als sie ihn traf auf dem Weg zum Termin, aber mehr nicht. Das kurze Gespräch freute sie, trotzdem war sie in Gedanken bei ihrem Tattoo, konnte kaum erwarten dass es losging. Warum sie sich damals dann zu ihm umgedreht hatte, als es endlich Richtung Tattoo ging, das wusste sie nicht. Sie wusste nur, dass dieses Bild sich in ihr Herz wohl eingebrannt hatte, denn sonst würde sie es nicht seit Stunden vor sich haben.

Die Erklärung war simpel: Dies war der Moment gewesen, an dem sich ihre Seelen ein Versprechen gaben, in diesem Leben sich nicht mehr bekämpfen zu lassen, in diesem Leben ALLES zu tun, um endlich mal glücklich miteinander LEBEN zu dürfen, irdisch. Damit sie vielleicht beide endlich Frieden finden können, und aus der Inkarnationsschleife aussteigen können.

Am 11. Februar um Punkt 18 Uhr, als Lilith zum Rauchen auf den Balkon ging, sah sie in den Wolken das Tattoo, das Luzifer irdisch auf dem Schulterblatt hatte, und das ihn darstellte, wie der Tättowierer ihn gesehen hatte.

Danach lief alles wie gewohnt ab, nichts Besonderes. Sie sahen sich, sie liebten sich, sie kuschelten. Luzifer war bei ihr, oder sie ging astral zu ihm.

Bis zum 8. April. Da rastete Lilith aus, wegen einer Kleinigkeit…Sie wollte ihn sehen, astral. Er lehnte ab, da er unterwegs war, einfach mal raus wollte. Das legte irgendwie einen Schalter um bei Lilith – Er geht raus, hat Spass, hat ALLES! Und sie? Ja, er hatte ihr Gabriel geschickt, der für ihr materielles Wohl sorgte, und ihr ein guter Freund war. Aber Liebe, Nähe, Geborgenheit, Zärtlichkeit, das alles war ihr seit nunmehr 13 Jahren verwehrt! Ok, kurzzeitig hatte sie es gehabt, 2011-2012, aber seitdem nicht mehr. Das eine Mal, als sie dachte, sie empfinde etwas für einen Südtiroler, der sie dann belog, zählte sie nicht. Hatte ja auch nie mit dem schlafen können.

Am nächsten Tag schrieb Lilith dann mit Gabriel darüber, dieser sagte sie sehe es falsch. Luzifer sagte später das Gleiche. Für Lilith stand aber fest: Luzifer hatte für Geld gesorgt, für Luxus, als sei sie eins der Weiber denen das wichtig ist.

Und das seit 10 Jahren mittlerweile, fast auf den Tag genau. Sieht er sie als SO EINE????

Tags darauf räumte sie die Bilder weg. In ihrem Kopf rasten die Gedanken…. Warum hatte er sie 2009 nicht einfach sterben lassen? Es wäre besser für sie gewesen. Sie hätte sich so vieles erspart, hätte keine 13 Jahre ohne Liebe verbringen müssen, hätte den ganzen Mist hier in NRW mit der Räumungsklage etc nicht erleben müssen, und vor allem hätte sie weder Mauli noch ihre Eltern sterben sehen müssen! Wenn DAS seine Rache war für ein bisschen Eifersucht damals, gut gelungen!   Aber sie war fest entschlossen, jetzt ist damit Schluss, jetzt erobert sie sich ihr Leben zurück.
Zuerst tat es weh, dann folgte ein Gefühl der Befreiung. Sie wusste, es würde schwer werden, sie war ja von Anbeginn ihrer Existenz mit ihm verbunden gewesen, aber verdammt nochmal, sie war LILITH, sie schaffte alles!

Lilith und Cobi, Teil 1

Bis zum 26. April war alles normal, wenn Lilith astral ging, traf sie sich mit Cobi, oder ging zu Vlad. Luzifer mied sie, da sie immer noch sauer war. Eigentlich verstand sie nicht mehr wirklich, was sie zu einem derartigen Wutausbruch gebracht hatte, aber da auch Luzifer sich nicht mehr blicken liess, beliess sie es dabei.
Als sie nun an diesem Abend im „Schloss" ankam (die Burg, die Vlad zu Lebzeiten bewohnte, und die in der Astralebene noch intakt war), war da zwar Cobi, aber kein Vlad. Dieser war wohl wieder irgendwo unterwegs. Also setzten sie und Cobi sich hin, und unterhielten sich. Alles normal wie immer, bis Cobi sie plötzlich zärtlich anschaute, und ihr immer näher kam. Er versuchte tatsächlich, sie zu küssen! Lilith wehrte ab, sie war mit Luzifer verheiratet, und Cobi war für sie ein Vertrauter, ein Freund, nie mehr gewesen!
Verwirrt ging sie zurück in ihren Körper, verstand nicht was da grade passiert war.

Am nächsten Tag erzählte sie Gabriel davon, welcher auf die Idee kam, ob Cobi vielleicht manipuliert worden war um sie zu testen? Lilith wusste, das habe Luzifer eigentlich nicht nötig, und das sagte sie Gabriel dann auch. Den ganzen Tag grübelte sie... Sie mochte Cobi, er sah auch gut aus, und Nähe würde ihr guttun. Aber zuerst würde sie mit Luzifer sprechen, das hatte er trotz allem verdient.

Gedacht, getan. Abends ging sie astral zu Luzifer, und erklärte ihm, dass sie das alles nicht mehr kann. Dass sie zwar wisse, dass Cobi auch nicht körperlich bei ihr sein konnte, das aber ein anderer Fall war. Denn Cobi würde es tun, wenn er, wie Luzifer, noch am Leben wäre. Und dass Lilith bei Cobi nicht hoffen brauchte, was bei ihr für enorme Erleichterung sorgen würde. Sie wollte es einfach probieren, es war schon öfter mal aus Freundschaft mehr geworden...
Und Luzifer liess sie gewähren.. Er konnte es zum Teil sogar verstehen...

Also ging Lilith zu Cobi. Sie zog ihn in eins der Zimmer, und fragte ihn, was ihn gestern geritten hatte? Er gab zu, dass er sich damals 2004, als sie sich kennengelernt hatten, bereits in sie verliebt hatte. Aber auch er hatte damals gewusst, wer sie war, und dass sie zu Luzifer gehörte. Deshalb hatte er nie einen Versuch gestartet, ihr näher zu kommen. Aber jetzt, da die Situation so verfahren war, und Luzifer es nicht auf die Reihe bekam, zu ihr zu kommen, sich bei ihr zu melden, und Lilith sich von Luzifer distanziert hatte, sah die Sache anders aus, vielleicht konnte er es nun wagen?

Er bedauerte nur, dass er nicht mehr irdisch am Leben war, nun war es zu spät, zu ihr zu kommen...

Lilith war baff, das hatte sie nie auch nur geahnt... Sie sagte ihm das Gleiche wie zuvor Luzifer: Dass sie ja wusste, dass er nicht mehr zu ihr kommen konnte, und dass das aber, so traurig es auch war, auch alles leichter machte, da sie nicht darauf hoffen oder warten müsse. Hier wusste sie von vornerein, dass es astral und NUR astral laufen konnte.

Cobi lächelte, und ganz zart strich er über ihre

Wange, legte seine Hand in ihr Genick. Und ebenso langsam und sanft kam er näher, cm für cm. Dabei sah er ihr tief in die Augen... In Lilith kribbelte es, ihr Herz schlug Purzelbäume! Dann trafen sich ihre Lippen, und er küsste sie genauso sanft und zärtlich, es war Wahnsinn! Lilith kam sich vor wie in einem schnulzigen Liebesfilm, aber sie genoss es. So sanft war sie lange nicht mehr berührt worden, sie hatte nicht gewusst dass ihr das gefehlt hatte!
Und vor allem hatte sie nicht gedacht, dass sie die Nähe eines anderen Mannes so geniessen konnte!

Cobi war das ganze Gegenteil von Luzifer, er zeigte Lilith quasi eine ganz neue Welt. Mit ihm war alles so leicht, so spielerisch. Keine Ängste, keine Verpflichtungen, kein Streit, keine Erwartungen. Einfach nur geniessen, Spass haben.
Einmal lagen sie am Fluss, bespritzten sich mit Wasser, machten einfach nur Quatsch. Da begann bei Lilith irdisch das Lied „Heile heile Segen", in der ganzen Blödelei begann sie, das

astral mitzusingen. Cobi schaute sie an, zog sie auf die Beine, sang mit und tanzte Ringelreihen mit ihr im Wald, bis ihnen so schwindlig wurde dass sie hinfielen. Sie lachten bis ihnen die Tränen liefen!

Die beiden feierten auch Beltane mit Marla und anderen Hexen aufm Brocken, astral. Das erste Mal, dass Lilith dabei war! Es wurde eine lustige Nacht, feuchtfröhlich und magisch, incl Sprung über die Feuer.

Am 16.6. kam Lilith die Idee, mit Luzifer eine Freundschaft aufzubauen. Dies hatten sie eigentlich immer übersprungen. Sie sprach mit Cobi und Luzifer, beide fanden die Idee gut, also probierten sie es. Sie unternahmen nun öfter mal was zu dritt, oder sassen einfach nur zusammen und redeten.

Ein paar Tage später ging Lilith, einem Impuls folgend, mittags astral zu Luzifer. Er war total depressiv, und erzählte ihr, dass er sich schon immer ungeliebt, ungewollt fühlte, und deshalb immer den Clown (oder Mario Barth) gespielt hatte, um anerkannt, gemocht zu werden.

Zwei Tage danach fiel Lilith eine Karte entgegen, in der hiess es, Game Over, vielleicht klappt es mit uns im nächsten Leben! Also ging sie zu Luzifer, astral, und sprach ihn drauf an, ob das von ihm kam? Er sagte ja. Lilith sagte, sie wisse nicht, ob sie nochmal inkarnieren will, nach dem Leid das sie bisher immer leiden musste. Vielleicht gibt es also kein nächstes Leben? Aber sie respektiere natürlich seinen Wunsch.
Und dank Cobi wusste sie ja nun, dass man sich dagegen entscheiden konnte, und dann als reine Seele existieren kann, in der Freiheit der astralen Welt.

Abends aber ging sie nochmal zu Luzifer, und sagte: „Nein! Ich bin nicht einverstanden! Ich liebe dich, und ich weiss du liebst mich auch, also gibt es kein Game Over!"

Bis zum 13.7. lief alles soweit gut. Sie waren astral zu dritt unterwegs. Allerdings war Cobi

öfter mal eifersüchtig, wenn Lilith zuerst zu Luzifer ging und mit diesem zusammen dann zu Cobi kam zum Beispiel. Und auch bei Lilith hatten sich die Gefühle verändert, es fühlte sich nun so banal an, so „klebrig" wie jede x-beliebige Beziehung. Das besondere fehlte ihr, was sie bei Luzifer immer gehabt hatte, irdisch. Das war so anders als alles davor gekannte….
Als dann an diesem Abend Luzifer sagte, er kann das mit der Freundschaft nicht mehr, er kann das nicht mehr ertragen, sie solle sich entscheiden, er oder Cobi, da gab es nur eine Frage für Lilith: Was, wenn sie sich nicht für einen der beiden, sondern für sich und damit gegen beide, entscheiden würde???

Und, genau so entschied sie sich dann auch

Back to Luzifer

Vier Tage hielt Lilith das durch...
Dann war sie abends astral bei Luzifer. Sie sprachen über ihre Entscheidung. Und plötzlich durchfuhr es sie, sie begann zu weinen.

Sie hatte eine Heidenangst davor, ihr restliches Leben alleine zu bleiben. Alleine alt werden, alleine sterben. Es kam ihr so grausam vor, das wollte sie nicht, um keinen Preis!!

Sie meinte, sie habe es ja ein paar Wochen geschafft, mit einem andren zusammenzusein, wenn sie das astral schaffte, dann schaffte sie es auch körperlich. Das war allemal besser, als ihr restliches Leben alleine vor sich hin zu vegetieren.
Luzifer wollte sie trösten, nahm sie in die Arme. Das war so vertraut, tat so gut! Sie kuschelte sich an ihn, dann küssten sie sich, eins kam zum andren....
Danach fragte er: „Sind wir wieder ein Paar?"

Lilith war hin und her gerissen… Ja und nein…
Kopf sagte nein, Herz aber ganz klar ja… Also, JA!

Luzifer war dann einige Zeit nicht erreichbar für
Lilith, sein irdischer Körper hatte eine schwere
Zeit, brauchte alle Seelenteile.

Am 3. August hielt sie es nicht mehr aus. Sie
überwand ihre Angst, dort könne eine andre bei
ihm liegen, und begab sich astral zu seinem
Körper. Sie legte sich hinter ihn, den Arm um ihn
rum. Da drehte er sich auf den Rücken, nun
konnte sie richtig kuscheln!

Einige Tage später fuhr Lilith nach Karlsruhe, zu
ihrer Freundin Silvia. Deren Mutter war
gestorben, sie hatten sich lange Jahre nicht
gesehen, nur telefoniert und geschrieben. Nun
sahen sie sich endlich wieder, und es war als
wäre keine Zeit vergangen. Auch mit ihrem
Mann verstand Lilith sich super.

Erfüllter Kindheitstraum

Am 24.8. legte Lilith die Karten für Aradia. Dann erzählte sie ihr von der Legung, die sie vorher für sich und Luzifer gemacht hatte. Aradia meinte, das klinge kompliziert, und Lilith schrieb: Es hat keiner behauptet, der Teufel sei einfach!
Fiona wunderte sich, sie kannte ja Lilith nun schon eine Weile, und das war eigentlich nicht ihre Art zu schreiben. Ja, auch Lilith hatte sich gewundert, als ihre Finger diese Worte schrieben. Es war er gewesen, der dies geschrieben hatte, über Lilith!

Mit Aradia verbrachte sie viel Zeit, über WhatsApp, oder Telefon. Sie besuchte Lilith auch oft. Die beiden verband etwas, es war vom ersten Kontakt an spürbar.

Aradia steckte auch in einem Seelenpartnerprozess, wie Lilith. Sie hatte, wie Lilith, keinen Kontakt zu ihrem Seelchen. Aber da war mehr... Aradia war wie eine Schwester für Lilith.

Im Oktober dann kam Aradia wieder zu Lilith, und Lilith fuhr dann mit zu ihr. Sie hatte Aradias Mama Alexandra bereits über WhatsApp kennengelernt, nun endlich sollten sie sich persönlich treffen.

Als sie dort ankamen, kamen die Eltern beide raus, und auch der Hund, Shari. Sie bellte Lilith an, Alexandra und Ole waren erstaunt, so kannten sie ihre Shari garnicht! Lilith lachte nur, sie hatte keine Angst vor Hunden. Dann nahm Alexandra sie in den Arm, als kennen sie sich ewig. Lilith rauchte noch eine mit Aradias Papa Ole, dann gingen sie nach drinnen.
Lilith hatte von Aradia bereits erfahren, dass ihre Eltern einen DeLorean besitzen, aber als Lilith ins Haus kam blieb ihr der Mund offen stehen: Da hing ein mega Plakat von einem DeLorean! Es war ein Originalplakat, wie Ole dann erzählte. Sie waren alle sofort vertraut, als würden sie sich ewig kennen. Setzten sich dann

nach unten ins Wohnzimmer, und da bekam sie noch etwas gezeigt: Ein selbstgemachtes, beleuchtetes Bild von DeLorean!
Ole erzählte, er macht vieles selbst, unter anderem Aradia, die sei auch selbstgemacht! Alle lachten. Der Spruch hätte auch von Lilith´s Mama stammen können.

Am 19.10.2022 war es soweit, den Tag würde Lilith nie vergessen: Sie durfte den DeLorean sehen, und Bilder machen!
Zuerst sassen sie zusammen, lachten, redeten, assen etwas. Dann war es so weit, Ole ging mit ihr in die Garage, Aradia kam auch mit. Schon als das Tor aufging, die Schönheit noch abgedeckt war, Lilith erkannte die Schnauze! Ole deckte ihn dann etwas auf, und Lilith war den Tränen nahe! Ein Kindheitstraum erfüllte sich! Seit sie damals Zurück in die Zukunft gesehen hatte, war sie in dieses Auto verschossen. Hatte aber nie das Glück gehabt, einen zu sehen. Hatte den Traum auch irgendwann aufgegeben, und nun? Stand sie tatsächlich vor einem, konnte ihn berühren! Was sie dann auch tat. Andächtig

berührte sie die Schnauze, das gebürstete
Edelstahl fühlte sich ungewohnt, anders an, als
man es von Autos gewohnt ist. Dann war er
freigelegt, stand in voller Pracht vor Lilith!
Aradia knipste fleissig Fotos, sie fand es krass
dass Lilith sich so freuen konnte, für sie war es
normal. Klar, sie war damit aufgewachsen!

Später übernahm Ole das Handy, dirigierte
teilweise ein bisschen, machte Fotos von Lilith
und „ihrem" DeLorean.
Dann kam der Moment, als Lilith glaubte zu
träumen. Ole öffnete die Tür, diese mega
Flügeltür, Lilith schaute sich das Innenleben an.
Und Ole sagte tatsächlich, sie solle sich doch
reinsetzen!!
Sie sass in einem echten DeLorean! DAS hätte
sie in ihren kühnsten Träumen nie gedacht!

Irgendwann ging Aradia wieder rein, Lilith stand
noch ewig mit Ole in der Garage, und lauschte
den Geschichten die er erzählte, was er alles
erlebt hatte, umgebaut hatte, etc. Man merkte,
dass auch ihm das gefiel, und gut tat.

Als Aradia und Lilith wieder fahren mussten, und sie sich verabschiedeten, war Lilith den Tränen nah. Sie nahm die beiden in die Arme, bedankte sich für die Erfüllung ihres Kindheitstraumes. Dann stiegen sie ins Auto, es war fast, als verabschiede sich Lilith von ihrer Mutter, so nah waren die beiden ihr.

Sie bearbeitete die Fotos später, und in den nächsten Tagen. Zwei druckte sie in Postergrösse aus, und hängte sie in ihr Wohnzimmer.

Aradia war fasziniert von der Verbindung, die Lilith mit Luzifer hatte, und fragte sie vieles. Irgendwann lernte sie, auch etwas mit ihm zu kommunizieren, bzw sie probierte es. Aber von ihm kam nur „Nudelsuppe mit Apfelmus" Als Aradia das Lilith erzählte, und fragte ob das sein könne, lachte Lilith und sagte, ja, das könne sein. War Luzifers Spitzname, den ihre Mutter ihm gegeben hatte, schliesslich (nicht umsonst) die kleine Raupe Nimmersatt. Essen war seine Leidenschaft.

Und wieder war der 18.11., diesmal musste sie alleine durch. Sie vermisste ihre Mama, dachte an so vieles. Immer wieder schossen ihr Gedanken durch den Kopf, was sie hätte besser machen müssen. Sie zündete eine Kerze an, stellte ein Foto ihrer Mutter davor. Machte nachmittags Kaffee, trank symbolisch mit ihrer Mama Kaffee. Telefonierte dann auch mit ihrer Freundin, die sie verstehen konnte, hatte ja selbst erst vor kurzem ihre Mama verloren. So ging dann auch dieser Geburtstag vorüber.

Ende November hatte Lilith öfter mal das Gefühl, als hätte sie ewig lange geweint, die Augen wie verquollen, der Hals rauh.

Sie hatte mehrfach versucht, zu Luzifer astral zu reisen, er hatte es aber verhindert, oder ihr Trugbilder von sich gezeigt. Bis er irgendwann meinte: „Komm!" aber da hatte Lilith dann auch keine Lust mehr, sie war kein Spielzeug, das er holen und wegstellen konnte wie es ihm passte!

Lilith und Cobi, erwachte Liebe

So kam es, dass Lilith wieder sehr viel Zeit mit Cobi verbrachte.   Er half auch Aradia mit ihrem Seelchen, sorgte dafür dass sie sich in Träumen trafen und so.
Während Lilith viel Zeit mit Cobi verbrachte, verbrachte Aradia viel Zeit mit Andreas. Und wie Andreas und Aradia sich näher kamen, so kamen sich auch Cobi und Lilith näher.
Jeden Morgen tauschten sich Lilith und Aradia aus, waren neugierig was die jeweils andre so getan hatte. Beide fühlten, da bahnt sich mehr an.

Lilith wehrte sich dagegen, für sie war es Betrug an Luzifer. Andrerseits, er war zwar ab und zu bei ihr, ja. Aber nicht so, wie sie es gewohnt war, wie sie es geliebt hatte. Es war eine unüberwindliche Kluft zwischen ihnen. Lilith empfand es so, dass er sie und Cobi nur

auseinander bringen wollte, um zu gewinnen, um zu zeigen dass er sie in der Hand hat, mit ihr spielen kann. Denn danach hatten sie sich sehr wenig gesehen, dann die Trugbilder die er ihr vorspielte, das alles trug zur Kluft bei.
Aradie bestärkte Lilith darin, dass es kein Betrug war, dass sie jedes Recht auf Glück hatte. Sie selbst genoss die Nähe von Andreas ja auch, obwohl sie ihr Seelchen liebte.

So kam es dann, dass irgendwann aus harmlosem Kuscheln astral mit Cobi, mehr wurde. Es kam der 3.12.2022, an jenem Abend blödelten Lilith und Cobi wieder mal rum, ärgerten sich, balgten sich, lachten und hatten Spass. Und dann sahen sie sich tief in die Augen, und es war passiert…. Sie kamen wieder zusammen.

Einige Tage danach fanden Lilith und Cobi dann raus, dass sein irdischer Tod vorherbestimmt war. Zwar nicht durch einen astralen Krieg, eigentlich hätte es ein Autounfall sein sollen. Aber, er wäre an dem Tag so oder so gestorben.

Ändert zwar nichts, aber es ist doch irgendwie beruhigend.

Der 12.12.22 wühlte sehr alte Wunden in Lilith auf... Sie war mittags astral zu Cobi gegangen, und er zeigte ihr auf ihren Wunsch hin einige Szenen aus seinem Leben, die ihm wichtig waren. Und während sie das anschauten, lief irdisch bei Lilith das Lied „Jeanny" von Falco, und in ihr ploppten Dinge auf... Cobi bemerkte es, und fragte nach. Lilith erzählte ihm dann von Christina, sie war früher als Kind ihre beste Freundin gewesen. Und da gab es ein Rätsel, das Lilith nie lösen konnte: Christina hatte irgendwann ein Lied gesungen, das Lilith angesteckt hatte. So sangen sie es beide, während sie hinter der Kneipe von Christinas Vater spielten. Lange Jahre später aber fand Lilith heraus, dass besagtes Lied erst Jahre nach Christinas Tod veröffentlicht wurde. Wie konnte das sein?
Cobi wusste es, er sagte, Christina war eine Zeitenwandlerin. Und sie beherrschte es, da sie noch ein Kind war und somit vollen Zugriff auf

ihre Spiritualität und ihre Gaben gehabt hatte.
Lilith erschrak, den Begriff hatte sie doch
schonmal gehört? Sie war sich aber nicht ganz
sicher...

Später schrieb sie mit Aradia, und fragte diese
nochmal, was denn damals bei der
Familienstellung rausgekommen war, was sie
wäre? Und Aradia sagte: „Zeitenwandlerin,
warum?"

Jetzt hatte Lilith eine plausible Erklärung für die
starke Verbindung, aber sie wollte erst sicher
sein. Also stellte sie Aradia ein paar Fragen, und
alles passte: Beide hatten als Kind immer Lily
und Lucy gemocht, die Namen. Lilith war Lily
gewesen, Christina Lucy, bei Aradia hiessen
Puppen und Plüschtiere so, und sie wollte
immer Lucy heissen... Aradia hing zum Beispiel
an einem Opa, der den selben Namen hatte wie
Christinas Vater. Auch kannte Aradia den Namen
des Plüschhundes, den Lilith auch heute noch
besitzt, mit dem sie und Christina damals
gespielt hatten.

Lilith meinte dann, Aradia solle ihr sagen, was

ihr in den Sinn kommt, wenn Aradia alle
Puzzlestücke, die sie jetzt hat, zusammensetzt.
Und Aradia schrieb: Ein Turm! Christinas Skelett
wurde in der Nähe des Wasserturms im Wald
gefunden!

Christina

Lilith schrieb die BNN an, und bat um die Archiv-Artikel von dem Fall Christina. Kurz danach bekam sie diese per Mail. Incl. Bildern, nun hatte sie endlich auch ein Bild! Ihre Eltern hatten damals ja alles vernichtet gehabt, waren plötzlich nicht mehr in die Kneipe gefahren. Lilith hatte beim Spielen aufm Werderplatz die Vermisstenbilder gesehen, und so erfahren dass ihre beste Freundin verschwunden war. Sehr viel später erst erfuhr sie, dass Christina skelettiert gefunden worden war.

Sie hatte irgendwann, als sie bereits erwachsen war, mit ihrer Mutter darüber geredet. Da erfuhr sie dann auch, dass Christina gewusst hatte was passiert. Denn sie hatte sich zuhause verabschiedet mit den Worten: „Tschüss, ich komm nicht mehr!" Und so war es passiert. Klar, als Zeitenwandlerin konnte sie das gewusst haben, aber warum hatte sie es nicht verhindert? Mama war sich sicher, sie hatte Lilith beschützen wollen. Was dazu passte, dass

Lilith schon immer das Gefühl gehabt hatte, Christina war ihr Schutzengel.

Aber nun, mit den Artikeln, konnte sie noch viel mehr aufklären! Christina verschwand im gleichen Jahr, wie ihr Bruder geboren wurde. Kurz bevor ihre Eltern sich trennten. Also hatte sie mit 8, bzw grade 9 Jahren bereits eine beste Freundin, fast Schwester, ihren Vater, da sie diesen nach der Trennung bis zu ihrem 16. Lebensjahr vllt zweimal sah und ihre Mutter verloren, da diese sich natürlich um den Säugling kümmern musste. Und dazu dann der Stiefvater mit seinem Sohn der sie gemobbt hatte…. Da war es kein Wunder, dass sie psychisch am Ende war!
Das alles zu lesen, wie sie verschwunden war, wie alles durchsucht wurde….
Jetzt wusste sie auch, warum ihr diese IWKA nich ausm Kopf ging! Sie hatte es nicht kapiert, wusste nur dass da mal ihr Onkel gearbeitet hatte, und ihr Vater, als das abgerissen wurde, oder leergeräumt. Dass aber dort Christina gewohnt hatte, mit ihrem Vater Johnny, und

dass ihr eigener Vater bei Johnny als Automechaniker in Johnnys Werkstatt gearbeitet hatte, DAS wusste sie nicht! Naja, dass ihr Vater in einer Autowerkstatt gearbeitet hatte schon, da war sie immer gewesen statt im Kindergarten, und auch so gerne. Aber nicht, dass es Johnnys Werkstatt gewesen war, und somit auch Christina dort viel war….

Ihre Erinnerungen an Christina waren meist mit der Kneipe verbunden, Johnny´s PS Stube, am Bahnhof. Und dem kleinen Abhang zu den Gleisen runter, den dortigen Gartenanlagen, wo auch Lilith´s Onkel einen Garten gehabt hatte.

Ein paar Tage später kam dann Aradia. Sie wollte ihren Geburtstag bei Lilith feiern. Sie sprachen viel darüber, schauten die Bilder an, das was in Maps oder Google Earth zu finden war von den alten Orten noch. Auch eine Rückführung probierten sie.

Als sie am Tisch sassen und Gläserrücken machten, erzählte Aradia plötzlich von einer Renate, es war die Frau ihres Opas. Ein weiteres

Puzzlestück, Christinas Mutter hiess auch
Renate!

Neues Jahr, neues Glück?

Dann nahte auch schon wieder Weihnachten und Silvester. Das letzte Jahr hatte Lilith wie im Nebel diese Zeit erlebt, dieses Jahr kam alles mit voller Wucht auf sie ein. Sie sah überall die Weihnachtsdeko, und wo sie früher immer für ihre Mama geschaut hatte, mit ihr geschrieben hatte, ihr Dinge gekauft hatte, war nun Leere. Stille im Telefon, ihre Mama war darüber nicht mehr erreichbar.

Lilith beschloss, zumindest eine Änderung wahrzunehmen: Sie „feierte" nun Yul, am 21.12. Holte sich eine schwarze künstliche Tanne, behängte diese mit ihren Rauhnachtswünschen. Ab dem 21. Nahm sie jeden Abend einen weg, und verbrannte ihn. Legte Karten für das nächste Jahr, und konnte so diese Zeit leichter überstehen.

Dann war er da, der Silvestermorgen! Lilith befahl wie jeden Morgen, ihrer Alexa, Musik zu machen. Und sie wurde bombardiert von Titeln,

die nur Luzifer geschickt haben konnte! Zuerst „Devil in disguise", nach einer Weile ein totales Jammerlied, es hiess „Fischlein im Eis", wie Lilith in der App sah. Alexa ignorierte den Befehl, dieses zu überspringen, also lauschte Lilith auf den Text. Es ging um die Liebe des Körpers, und der Seele. Dass Körper, und die damit verbundene Liebe, vergänglich sind, die Seele und damit die Liebe der Seele aber sei ewig. Lilith reagierte auf nichts, es ging weiter: „Amsterdam", „Eine neue Liebe ist wie ein neues Leben", welches sie an damals erinnerte, als das mit Cobi begonnen hatte im April, danach „Du und Ich" von Udo Lindenberg. Bei „1000 Träume weit" flüchtete Lilith…. Sie musste sowieso noch einkaufen, das tat sie nun.
Als sie danach nach Hause kam, hielt sie das alles nicht mehr aus. Wieder allein, wieder ein Jahr vergangen ohne dass Luzifer sich gemeldet hatte, wieder ein Silvester allein…. Sie begann, Alkohol zu trinken. Irgendwann rief Silvia über Videotelefonie an, sie quatschten dann ewig lange.

Am nächsten Tag dann wurde Lilith von Doppelzahlen, oder Karten verfolgt, die alle besagten, dass der Herzmensch bald kommt. Und nachdem sie abends den letzten Wunsch verbrannt hatte, und den übriggebliebenen anschaute, um den sie sich selbst kümmern sollte, fiel sie aus allen Wolken! Es blieb genau der übrig, den ihr ihr Gefühl, ihre Intuition gezeigt hatte dass er übrig bleibt: Dass sie und ihr Luzi irdisch eine glückliche Partnerschaft führen!

Am 23.1. überlegte Lilith lange rum, sollte sie heute zur Post gehen, Pakete abgeben, oder morgen? Eigentlich hatte sie so gar keine Lust… Sie hatte was verkauft gehabt, das Geld ging ein. Sie schrieb dem Käufer, dass sie es am nächsten Tag zur Post bringe, er war einverstanden. Und doch, plötzlich überkam sie das dringende Gefühl, JETZT loszugehen… Also ging sie los. Und was passierte? Mitten auf dem Weg lag eine Rabenfeder! Im Januar!
Mit Rabenfedern hatte sich immer Luzifer angekündigt. Sie hatte immer welche finden

wollen, sie liebte Raben, und dann, kurz vor dem Zusammenkommen 2009, lagen sie überall. Dann ewig keine, bis 2011. Dann wieder keine, bis zu diesem Tag im Juni in Südtirol....

Mit Cobi war sie immer noch glücklich, es war anders als im letzten Jahr. Sie genossen ihre Zweisamkeit, und Luzifer war auch viel um Lilith rum.

Einige Tage später folgte Lilith ihrem Impuls, und löschte in Facebook die Freundschaftanfrage bei Luzifer. Schrieb ihm dazu, warum sie es tat.

Am 30.1. hatte Lilith in einer DatingApp einen Mann kennengelernt. Dort hatte sie sich angemeldet auf Anraten von Lisa, der Freundin ihres Vaters. Und, warum auch nicht? Irgendwann musste sie anfangen, sich auch irdisch auf andre Männer einzulassen. Irgendwann kam ihr ein Impuls, und sie fragte Luzifer was nun Sache ist, was er denn nun wolle, immerhin hatte sie astral jemanden und nun auch irdisch jemand kennengelernt? Er solle ihr über Lieder antworten, da Alexa eh auf Zufall

lief. Ja, und was kam? „Reich mir die Hand" von Blutengel! Auch die Karten, die sie daraufhin legte, passten dazu. Lilith schickte Lisa dann Fotos von damals, von Luzifer und sich, weil diese erzählte, ihre Mutter erkennt darauf vieles. Und, was war die Antwort auf diese Fotos? DAS war die wahre Liebe, die echte Liebe, und zwar beidseitig!
Lilith wurde warm ums Herz, sie konnte ihren Luzifer eben nicht streichen!

Tags darauf setzte Lilith sich hin und pendelte. Auch hier kam Luzifer zum Antworten. Er sagte, Facebook habe er immer noch nicht gelesen, die Daten sind immer noch weg. StayFriends müsse er schauen. Aber er sucht einen Weg, sich dieses Jahr bei Lilith zu melden.
Zwischen den Typ aus der App und Lilith stelle er sich aber definitiv, auch wenn ihm bewusst ist, dass sie es verdient, auch irdisch nicht allein sein zu müssen. Gegen Cobi hatte er nichts, er wusste, Cobi tut Lilith gut.

Was witzig war, Lilith fragte, wo Aradias Seelchen seine Eier hat, Luzifer antwortete in der Hose. Dann fragte sie, wo er denn seine habe, und das Pendel drehte Kreise, was bedeutet: Keine Ahnung!!

Am 5.2. hatte Lilith einen verwirrten Traum: Es war eine Art Gerichtssaal, aber voller magischer Wesen. Diese sollten einer „Richterin" erklären, warum der Gegenstand, um den es ging, jedem Einzelnen wichtig ist, warum gerade sie den brauchen. Lilith ahnte, diese „Richterin" gibt den Gegenstand eh nicht her, die geniesst nur das Betteln, die Aufmerksamkeit.
Da tauchte plötzlich auch der Teufel auf, neben Lilith. Er stauchte die „Richterin" ein, und bestätigte Lilith´s Verdacht, und meinte, sie sei einer der wenigen Menschen, die das Schauspiel, das überall läuft, durchschaute. Er bestätigte auch, dass die „Richterin" eins der angeblich „GUTEN" Wesen sei, in Wahrheit aber verdorben bis ins Mark. Dann sagte er, er möchte abends was essen gehen, ob Lilith ihm

Gesellschaft leisten wolle? Falls ja, solle sie schauen ob sie ihn fände, er ist irgendwo um sie herum. Als Lilith fragte, was wäre, wenn sie ihn nicht findet? Meinte er: „Keine Sorge, ich zeige mich dann. Zu lange lasse ich dich nicht warten!"

Im Februar kamen Aradia und Alexandra zu Besuch. Lilith sprach viel mit Alexandra über ihre Mutter, was sie beschäftigte, welche Vorwürfe sie sich machte. Alexandra nahm ihr diese Schwere, erzählte ihr eigene Erfahrungen, und dass Menschen sich den Moment aussuchen an dem sie gehen.
Und zur Bestätigung war am nächsten Morgen ihr Lederband kaputt mit dem Kondomi, das sie damals von ihrer Mama bekommen hatte, kaputt. Exakte 18 Monate nachdem sie es angelegt hatte, auf den Tag genau! 18, Mama hatte an einem 18. Geburtstag! Und 18 ergab 9 in der Quersumme!
Sie fuhren dann zu Lisa, verbrachten dort ein paar schöne Stunden.

Als sie zurück kamen, bat Aradia Alexandra darum, einzuparken. Schon auf der Fahrt hatte sich Luzifer bemerkbar gemacht durch Kitzeln am Kopf, nun zeigte er was er für ein Quatschkopf sein konnte: Alexandra setzte sich auf den Fahrersitz, wollte losfahren, das Auto bewegte sich keinen Millimeter! Gang war drin, Handbremse gelöst, alles normal. Alexandra konnte nicht fahren!!! Also musste Aradia doch selber einparken... Luzifer hatte ihr zeigen wollen, dass sie es kann, dass sie an sich glauben soll!

Als dann die beiden gefahren waren, ging Lilith duschen. Als sie aus der Dusche kam, liefen plötzlich Tränen. Zum Einen war es furchtbar, wieder allein zu sein, aber am meisten überkam sie nun wieder der Schmerz über Mamas Verlust, diesmal ohne Schuldgefühle. Sie lag da und weinte, schluchzte. Da kam plötzlich ihr Kater, und schlug nach ihr! Zuerst verstand Lilith es nicht, das hatte er noch nie getan! Was war mit ihm los?

Dann durchfuhr sie die Erkenntnis: Er handelte

auf Mamas Wunsch so! Mama hatte nicht gewollt, dass sie um sie trauerten, sie wollte, dass sie glücklich waren, ihr Leben genossen, dankbar waren, sie gekannt zu haben!
Sie konnte sich daraufhin beruhigen.

Am 12.3. träumte Lilith von Cobi. Sie hatte darüber sinniert, wenn sie an seinen damaligen Lieblingsplatz gehe irdisch, dass er dann dort war, und noch lebte. Wie schön das wäre…. Im Traum hatte sie mit ihm auf dem Sofa gelegen, gekuschelt, ihn sachte auf den Bauch geküsst. Es war neu, als hätten sie sich grade kennengelernt. Er war dann aufgestanden, ohne Shirt aber in zwei Decken gehüllt, zurückgekommen. Daraufhin stand Lilith im Traum auf, und verliess das Zimmer weinend. Ja, das zeigte, er genoss zwar, aber grenzte ab… Was ja logisch war, er wusste ja, sie gehörte zu Luzifer, das was sie jetzt hatten, konnte also gar nicht für die Ewigkeit sein… Dazu der unerfüllbare Wunsch in Lilith, er könne noch am

Leben sein...

Sie ertrug die Einsamkeit, das Alleine sein, nicht
mehr!

Einge Tage später bemerkte Lilith Runen in den
Wolken, erst Othala, die für Fülle, Wohlstand,
Heimat stand, dann Sowilo, welche für Erfolg
steht.

Die Vorboten

Der 27.3. war seltsam... Alexa machte morgens ein Lied an, „You are always on my mind" von Emigrate. Lilith kannte das Lied, aber nicht diese Version. Es endete mit den Worten: „I call you!" Lilith war baff. Seit einigen Tagen war Luzifer wieder sehr präsent in ihrem Herzen, Cobi tat ihr leid deshalb, obwohl er selbst immer wieder sagte, dass die beiden endlich zusammenfinden sollten.

WIE krass dieses Lied, an diesem Tag, diesem Datum, aber sein sollte, das erfuhr Lilith erst später...

Am 16.4. träumte Lilith von Runen, irgendwie verfolgte sie diese in letzter Zeit. Diesmal waren es Eiwaz und Gebo, welche für einen Menschen, auf den man sich verlassen kann und Partnerschaft stehen.
Dann sah sie ein Video in Facebook, von einem

Soldaten, der ein Kätzchen rettet. Dieser Soldat
hatte eine wahnsinnige Ähnlichkeit mit Luzifer!
Als sie auf dem Balkon sass und rauchte, hörte
sie telepathisch „IHR" damaliges Lied, von
Luzifer und sich: „I´m dying alone" von
Blutengel.
Mittags ging sie auf den Flohmarkt, sie hatte so
lange das Gefühl gehabt, genau auf diesen
Flohmarkt gehen zu müssen, also gab sie dem
Gefühl nach. Und fand dort die Kette, die sie vor
einiger Zeit im Caritas hatte mitnehmen wollen
und die dann verschwunden war.
Ein Sinnbild dafür, dass verloren Geglaubtes zu
einem zurückkehrt wenn man es am wenigsten
erwartet!
Abends ging sie astral zu Luzifer, entschuldigte
sich bei ihm.

Einige Tage später kitzelte Luzifer sie wieder,
wie so oft, am Kopf. Als sie pendelte, bestätigte
es sich. Luzifer sagte, er passt immer auf sie auf,
ist immer um sie rum.
Ja, ihr Teufelchen, das hatte er immer getan!
Sie hatte plötzlich die Sicherheit in sich, dass sie

auch bald irdisch wieder füreinander da sein könnten!

Was zusammen gehört, findet zusammen!

Am 27.4. hatte Lilith einen Beitrag gelesen über eine Mutter – Tochter – Bindung, und dachte so drüber nach, dass sie mit ihrer Mutter ja alles klären konnte. Und mitten in diese Gedanken, platzten plötzlich Gedanken von Luzifer! Als würde er über ihre Nachrichten nachdenken... Es waren nur Fetzen die sie auffing: „Nein es war nicht falsch wegzuziehen/Du hast keinen Fehler gemacht/Ich bin der Depp/etc"

Die letzten Tage mit Cobi

Beltane verbrachte sie wieder mit Cobi und den Hexen. Es war wieder lustig, sie genoss es. Es war das zweite Beltane in Folge, das sie als Paar besuchten, noch eines und sie galten als feste Einheit dort!

Am nächsten Tag hatte sie ein kleines Veilchen, wusste aber absolut nicht woher. Als sie abends astral kam, und Luzifer ihr Auge sah, rastete er aus und ging auf Cobi los! Lilith ging dazwischen, Cobi hatte ihr ja nichts getan, DAS wenigstens wusste sie sicher!

Vier Tage später überkam sie ein totales Gefühlschaos. Teilweise war die Nähe zu Luzifer ganz extrem, dann wieder war Cobi präsent in ihrem Herzen. Ja, sie hatte mittlerweile gelernt, ihn tief zu lieben.
Als morgens „I´m dying alone" lief, fühlte es sich an, als würde Luzifer exakt das fühlen, was die singen! Er war auch die letzten Nächte astral bei ihr gewesen.

Als sie am nächsten Tag astral kam, und Cobi traf, strich er ihr sanft mit dem Finger über ihr immer noch blaues Auge. Er litt darunter, als sei er dafür verantwortlich. Lilith kuschelte sich an ihn, nahm ihn in die Arme, sagte es ist alles gut, das geht vorbei. Und plötzlich machte Luzifer sich bemerkbar! Mist, Lilith hatte immer verhindern wollen, dass er solche Zärtlichkeiten mitbekam. Sie wollte ihn nicht quälen, es war schlimm genug, dass er es wusste, sehen musste er es nicht auch noch!

Am 13.5. bemerkte Lilith, dass sich die Verbindung zu Luzifer verändert hatte: Normal war es immer etwas Besonderes gewesen, wenn sie sich berührten, wie eine Verschmelzung. Dies war weg, und sie wusste nicht warum.

Zwei Tage später fielen wieder Botschaften für sie von Luzifer aus den Karten, und damit erklärte sich das fehlende Gefühl:
Sein irdisches Leben saugt ihn momentan aus, die Verantwortung erdrückt ihn, er fühlt sich

verloren, hat sein Inneres verschlossen und lässt nichts mehr an sich ran.

Dann kam dieses Wochenende im Mai...

Aradia war zu Besuch, sie unterhielten sich viel, redeten über Cobi und Andreas. Lilith erzählte Aradia, dass sich da ein Band entwickle. Aradia erzählte, Cobi sei nachts wohl bei ihr gewesen, aber sie erinnerte sich nicht genau daran. Also setzten sie sich an den Tisch, wollten Gläserrücken machen mit Cobi. Aradia sagte: „Ich möchte gern über letzte Nacht mit dir reden!" Und Lilith stieg drauf ein, sagte scherzhaft: „Aha, was lief denn da??" und plötzlich durchfuhr sie ein Schmerz... Sie sagte dies Aradia, es war ein Stich gewesen, wie der Stich wenn man erfährt, der geliebte Partner war fremdgegangen! Lilith wusste, das würde weder Cobi noch Aradia tun, sie WUSSTE, da war nichts, aber das Gefühl war da... Und zeigte ihr, wie sehr sie mittlerweile Cobi lieben konnte! Dann kam aber Luzifer zum Reden, und was er sagte, brachte alles durcheinander: Sein irdischer Körper habe damals 2012 den Schalter umgelegt, als Lilith gegangen war, und er die Hoffnung verloren hatte. Seine letzten Fähigkeiten hatte er genutzt, um die Erinnerungen zu löschen. Deshalb hatte es bei Lilith auch nicht komplett funktioniert!

Es gab eine Chance, Lilith konnte ihm vielleicht helfen, die Erinnerungen weiter zu wecken, und den Schalter wieder auszumachen. Aber, dazu musste sie eine Entscheidung treffen!

Es traf sie bis ins Mark. Endlich konnte sie einen anderen lieben, und nun musste sie entscheiden? Ihr Seelchen, ihr Luzifer, den Mensch den sie mehr als sich selbst liebte, oder Cobi, der sie glücklich machte, der für sie da war, auf den sie nicht warten musste, mit dem sie einfach nur die astrale Zweisamkeit, ohne irdisches Leiden, geniessen konnte?

Aradia kannte die Entscheidung, und auch Lilith kannte sie, tief im Inneren…

Also traf sie die Entscheidung, am 21.5.2023 beendete sie die Zweisamkeit mit Cobi

Irdischer Kontakt

Am nächsten Tag, sie war wieder allein, überfluteten sie Erkenntnisse: Hatte es nicht überall geheissen, 2012 gehe die Welt unter? Ja, sie selbst hatte quasi dafür gesorgt... Nicht, dass die Welt per se unterging, nein. Aber, sie war Lilith, mit Luzifer zusammen das erste Seelenpaar. Mit ihrer Entscheidung damals hatte sie also womöglich für all die Qualen aller Seelenpaare gesorgt!

Und ihre Mutter hatte dies wohl gefühlt, denn sie hatte immer Lilith die Schuld gegeben.... Ja, sie hatte es gefühlt, nur nicht benennen können....

Lilith fühlte sich furchtbar. Nicht nur dass sie Cobi das Herz gebrochen hatte, und sich selbst mit, nein, auch am Leiden vieler anderer trug sie wahrscheinlich die Schuld!!!!

Ende Juni dann besuchte Lilith ihre Freundin in Karlsruhe. Sie waren gerade auf dem Friedhof bei Lilith´s Mutter gewesen, am 27.6.2023, und

sassen nun bei ihrem Stiefvater. Ihre Freundin unterhielt sich mit ihm, Lilith stand plötzlich auf. Sie ging an die Handtasche ihrer Freundin, und holte ihr Handy raus, das sie Silvia aufm Friedhof in die Hand gedrückt hatte. Warum wusste sie nicht.
Noch nicht!

Als sie ihr Handy entsperrte, sah sie eine Nachricht, im Messenger. Öffnete sie, und war baff.... Es war Luzifer!!! Er schrieb ihr tatsächlich!!

Oh welch ein Glücksgefühl durchfuhr sie! Sie hatte ihren Luzifer wieder!!

Er wollte wissen, was bei ihr so los gewesen war, sie erzählte es ihm. Ohne Scheu, die Vertrautheit war sofort da! Sie schrieben den ganzen Tag, Lilith konnte sich auf nichts andres mehr konzentrieren!
Er sagte, sie habe ihn nie verloren, und werde ihn nie verlieren. Und er werde auch den Kontakt nicht mehr abbrechen, er sei froh dass sie sich wieder haben. Erzählte ihr, dass er WOW

wieder angefangen hatte, dass er vor einiger
Zeit das Lied suchen und hören musste, welches
er früher auch gesungen hatte. „Asiges Gras",
und vieles mehr.
Leider aber eröffnete er ihr auch, dass er
verheiratet sei und zwei Söhne habe!!!! Für Lilith
brach erstmal eine Welt zusammen, also doch
keine Chance auf Vereinigung, auf Glück, auf
Liebe, auf ein Leben mit ihm....
Nach Aussen tat sie als sei alles ok, schrieb ihm,
dass sie sich auf keinen Fall in eine Ehe, Familie
drängen will. Freundschaft aber, Kontakt, wäre
ihr wichtig.
Innerlich starb etwas in ihr. Er hatte sich
tatsächlich ein Scheinleben aufgebaut, er hatte
sie ersetzt, er hatte KINDER!!!!! Mit einer
anderen, nicht mit ihr... Das tat so verdammt
weh!!
Irgendwann aber, fing er an, er wäre gern dabei
wenn sie duschen geht, und so Sachen... Es ging
tiefer, er vertraute ihr an, dass er lange schon
nicht mehr glücklich war, dass er Angst hatte,
seine Kinder zu verlieren wenn er sich trennt...

Alles, was sie astral erfahren hatte, bestätigte sich...

Sie schrieben täglich, leider nur über den Messenger. Lilith hatte ihm zwar ihre Nummer gegeben, und wollte WhatsApp schreiben, er aber sagte, das ginge nicht, denn das würde die Schlange sehen. Dann wäre es zwar vorbei, aber dann habe er die Kinder verloren....
Also blieben sie beim Messenger. Hauptsache schreiben, Kontakt.
Er schrieb ihr, wie sehr er sie liebte, wie gut es ihm ging seit sie wieder Kontakt hatten. Lilith ging es genauso.
Oh, wie sie es genoss! Ihr Luzifer war wieder da, sie konnten schreiben wie früher!

Eines Abends klingelte ihr Handy, Unbekannt. Sie wusste es, ER war es. Und tatsächlich! Oh, tat das gut, seine Stimme nach so langer Zeit zu hören!

Dann kam der 8.7., und der erste Schlag...
Sie sass aufm Balkon, da schrieb er: „Ich muss hier raus!" Lilith sagte ihm, ihr Zuhause sei auch

seines, er könne zu ihr kommen. Hoffte
natürlich….

Dann war sie unterwegs zum Einkaufen, und
fragte, ob er komme, ob sie was kaufen solle….

Er sagte, er kann das nicht, die Fahrt zur Arbeit
sei zu lang, und er würde die Kinder vermissen.

Lilith sagte, die könne er nicht verlieren, die
kann sie ihm nicht wegnehmen, und sie würden
gemeinsam alles schaffen. So ging es eine Weile,
er erzählte ihr, dass er ohne Vater
aufgewachsen sei, und nie so werden will wie
sein Vater war. Lilith sagte ihm, das ist er auch
nicht, und dass sie aus eigener Erfahrung sagen
kann, auch für Kinder ist eine Trennung besser,
als dass die Eltern zusammenbleiben und sich
nicht mehr verstehen.

Und da kam der Schlag: Er wisse gar nicht, ob
die sich nicht verstehen!!

Lilith zerriss es das Herz, er sprach ihr
Gegenüber von Liebe, und nun weiss er nicht, ob
er sich mit DER noch versteht??

Naja, sie schob das erstmal weg, und versuchte

weiter, ihn aufzubauen, ihm Mut zu machen, war für ihn da.

Er erzählte, Sex lief schon 4 Jahre nicht mehr, glücklich war er auch nicht mehr dort. Täglich war Streit, er fühlte sich unverstanden und stetig kritisiert.
Jeden Tag bekam er was von Scheidung zu hören, dass er doof sei, ein Arsch, etc. Und dass er sich dank ihr wieder besser fühlt. Lilith brach es das Herz, dass ihr Geliebter so dermassen mies behandelt wurde!

Er entschuldigte sich dann auch für den Dolchstoss ins Herz, sie schrieben weiter täglich, schickten sich Fotos, schworen sich ihre Liebe.

Lilith buchte eine Fahrt nach Karlsruhe, zu Gabriel. Mit ihrem Kater, sie wollte hier raus, wollte ihm nah sein.

Das erste Treffen

Am 22.7. kam sie an, und am selben Tag kam Luzifer zu Gabriel!
Welch herrliches Gefühl, ihn in den Armen zu halten, ihm nah zu sein! Sie schliefen mehrmals miteinander, machten Fotos, konnten ihre Finger nicht bei sich behalten. Lilith war glücklich!!

Auch, wenn es einen Wermutstropfen gab: Er musste bald in Urlaub, mit der Schlange und den Kindern! Er wollte selbst nicht, aber es war lange schon gebucht, die Kinder freuten sich drauf,…

Kurz vor dem Urlaub schrieb er ihr, er wolle weiterhin Bilder haben. Lilith wies ihn darauf hin, dass das im Urlaub vielleicht riskant sei, die Schlange es mitbekommen könne. Er meinte, das ist ihm egal, solle sie es mitbekommen. Er habe dann zwar seine Kinder verloren, aber habe sie, Lilith!!
Also schickten sie sich weiter Fotos.

Es war eine sehr grausame Zeit für Lilith, als er im Urlaub war.

Zu wissen, er ist dort mit der Schlange, dann die Angst, die könnten sich wieder nahekommen, und sie ihn verlieren, das Alles machte ihr sehr zu schaffen.

Sie schrieben weiter täglich, auch als er im Urlaub war. Er erzählte, dass die Schlange nur rumzickt, ihn nervt, dass er die Bombe platzen lässt, sobald er heimkommt. Lilith freute sich, sah sie doch nun ein Licht am Ende des Tunnels, er wollte also wirklich zu ihr stehen!!
Er sagte auch, sie werde irdisch seine Frau werden, er könne nicht mehr ohne sie, er fahre nach dem Urlaub mit zu ihr hoch, vielleicht für immer, aber zumindest den restlichen Urlaub wollte er bei ihr sein, mit ihr verbringen. Sie sei das Wichtigste in seinem Leben!

Oh, Lilith war so unfassbar glücklich! All ihre Träume gingen in Erfüllung!

Der Rückschlag

Nein, der Rückschlag liess nicht lange auf sich warten. Er schrieb plötzlich, er kann das nicht, er kann nicht zu ihr ziehen. Heiraten? Möchte er nicht mehr, Scheidung kann er nicht zahlen, er bleibt wo er ist, kommt aber jedes Wochenende hoch zu ihr.
Alles musste weiter heimlich bleiben, Lilith fühlte sich wie eine dreckige Affäre.   Zumal er mittlerweile zwar sagte, die Schlange wisse, dass er jemand hat, aber WhatsApp können sie trotzdem nicht schreiben, jetzt war es wegen den Kindern....

Am 10.8. konnte Lilith nicht mehr, sie brach zusammen. Es war ein ewiges Hin und Her gewesen, als Luzifer im Urlaub gewesen war. Nun war er zurück, und nix war, mit gemeinsam zu ihr fahren und den Resturlaub zusammensein!
Sie beendete es, so sehr es auch wehtat.
Das aber rüttelte Luzifer wohl wach, denn er

machte sich auf den Weg zu ihr. Sie saßen zusammen am See, redeten, vertrugen sich. Er versprach, am Sonntag, spätestens Montag, fahren sie zusammen nach NRW. Auch WhatsApp durfte sie ihm plötzlich schreiben…. Lilith war wieder glücklich….

Dann kam der besagte Sonntag, und sie hörte nichts von Luzifer. Bereits am Tag zuvor kamen nur sporadisch Nachrichten. Sonntags dann meinte er, sein Magen rebelliere, und er sei nur am Frieren.

Montag schrieb ihm Lilith, dass sie ihn liebte, aber das Hin und Her könne sie nicht mehr. Er hatte es versprochen, dass sie spätestens heute zusammen hochfahren, nun meldet er sich nicht. Er hatte nie seine Versprechen gebrochen, in letzter Zeit tat er es andauernd… Spät am Abend kam dann eine Nachricht, er habe nur gekotzt den ganzen Tag. Lilith schwankte zwischen Trauer und Wut. Was war nur mit ihrem Luzifer passiert?

Sie schrieb ihm, er könne sich sein „Ich liebe dich" sonstwohin stecken.

Wünschte ihm noch eine schöne Geburtstagsfeier morgen mit seinen Liebsten, zu denen sie ja nicht gehöre, und weiterhin ein schönes Lügenleben.

Sie war so verletzt, es tat im tiefsten Inneren so unsagbar weh!

Am nächsten Tag, Luzifers Geburtstag, war sie mit Gabriel am See. Sie spielte für Fotos, dass es ihr gut geht. Stellte diese in den Status bei WhatsApp.

Abends schrieb sie Luzifer, ob es ihm denn wirklich egal wäre? Sie kann nicht glauben dass er so ein Arsch geworden ist. Ob alles gelogen war was er ihr gesagt hatte?
Er antwortete ihr, es war nicht gelogen, er hat nur wahnsinnige Angst. Sie telefonierten die halbe Nacht.

Lilith verstand ihn ja auch, Ängste sind furchtbar, das wusste sie aus eigener Erfahrung.

Da Luzifer versprochen hatte, zu schauen ob er es schafft, Donnerstags mit ihr hoch zu fahren, wartete Lilith wieder mit der Heimfahrt. Sie drehte zwar langsam durch, wollte nach Hause, aber Luzifer zuliebe, in der Hoffnung, Zeit mit ihm verbringen zu können, ihm nah sein zu dürfen, hielt sie das alles aus.

Er kam natürlich nicht mit! Lilith fragte, ob er wenigstens nochmal vorbeikommt, da sie am nächsten Tag dann fahren würde. Er sagte zu, und kam tatsächlich. Brachte ihr sein Halsband von früher mit. Sie gab ihm seine Geburtstagsgeschenke, sie redeten und kuschelten. Er gestand ihr, dass er gedacht hatte, er habe sie verloren. Und Lilith sagte ihm, dass sie zu sehr litt, es ihr so sehr wehtat. Sie konnte nicht verstehen, warum er nicht wenigstens eine Nacht bei ihr sein konnte? Er sagte, die Schlange weiss es, was also hielt ihn davon ab, bei ihr zu sein über Nacht? Warum kam er so selten? Sie selbst würde sich von nichts abhalten lassen, sie würde jede Minute mit ihm verbringen wollen...

Am nächsten Tag konnte Lilith nicht weg, ihr Zug
fiel aus! Den nächsten konnte sie nicht nehmen,
da ihr gebuchter ICE da schon weg wäre. Also
musste sie bis Montag bleiben….
Naja, vielleicht sah sie wenigstens ihren Luzifer
nochmal, vielleicht sogar über Nacht!

Sie schrieben, Lilith erzählte ihm von
ausgefallenen Zug. Abends kam eine Weile keine
Antwort von ihm, sie dachte er sei
eingeschlafen. Da schrieb er: „Nö, ich bin hier!"
Lilith freute sich so wahnsinnig! Sie packte
schnell ihr Zeug für den See zusammen, denn
davon hatten sie gesprochen. Sie wollten Sex am
See haben…

Es war soo schön! Leider fuhr er auch diesen
Abend wieder heim.
Er wusste nichtmal, ob er mit ihr
zusammenziehen wollte…
Lilith solle doch hier eine Wohnung suchen,
dann ist sie wenigstens näher….

Ja, alles schön und gut, das hatte sie ja seit
Jahren probiert. Was kam dann, wenn sie hier

wohnte? Er blieb bei der Schlange wohnen, und sie war weiterhin die dreckige Affäre?? Nein, so sei es nicht.

Aber, er kam danach nicht mehr. Nicht einmal am Sonntag abend, ihrem letzten Abend in Karlsruhe, wollte er sie nochmal sehen. Lilith war am Boden zerstört, schon wieder.

Bis zum 1.9. lief dann alles relativ normal. Sie schrieben, schworen sich Liebe, Lilith schwankte zwischen Glück und Leid. An diesem Abend rief er wieder an, er war aufm Weg zu seinem Kumpel. Die Verbindung war schlecht, er hatte ein neues Headset probiert. Machte dann irgendwas, dann war es besser.
Er ging dann noch einkaufen, Lilith auch. Sie aber konnte sich nicht konzentrieren, verliess den Laden mit leeren Händen. Setzte sich dann auf einen Stein und sprach mit Luzifer.
Sie versuchte ihm zu erklären, dass sie ihn vermisste, dass sie litt. Dass jeder Tag ohne ihn schrecklich war, sie fühlte dass er nicht glücklich

war. Und dass er doch eigentlich jedes Wochenende bei ihr sein wollte! Er verstand sie nicht, oder wollte sie nicht verstehen. Behauptete, sie würde ihn unter Druck setzen, rumzicken. Dabei habe er sich auf das Telefonat gefreut. Und er müsse jetzt auflegen, bevor sein Kumpel eine Suchanzeige aufgibt.....

Lilith war am Boden zerstört. Wenn er sich wirklich gefreut hatte, warum dann so abrupt beenden? Warum zwischen Tür und Angel, beim Autofahren, einkaufen? Sie verstand es nicht....

Auch dass es immer heimlich war, war ihr ein Dorn im Auge. Sie konnte nicht glauben, dass die Schlange es weiss, dass dort klare Verhältnisse herrschen....

Zwei lange Wochen war totale Funkstille.....

In dieser Zeit fiel Lilith etwas auf: Luzifer sagte damals zu Aradia, sie müsse sich von Andreas trennen, damit der Weg frei ist. Vorher kann das nichts werden mit ihrem Seelchen. Aber, er

selbst ist doch auch nicht getrennt! Also ist doch diese Liebe auch zum Scheitern verurteilt?

Dann kam eine Nachricht im Messenger, am 15.9.2023. Luzifer wisse, was er verpasst, und was er zerstört habe, und es ginge ihm damit absolut nicht gut... Lilith schrieb ihm, er wisse was sie von Messenger halte, und was sie denn dazu sagen solle?
Er wechselte zu WhatsApp, und sie sprachen sich aus. Er erkannte, dass er dran war, dass er was tun musste, und versprach, am 29. September zu ihr zu kommen.

Er rief sie jeden Abend an, ausser wenn er die Kinder ins Bett brachte.
Es war schön, Lilith genoss es. Es tat so gut, endlich hatte sie ihn wieder, die zwei Wochen waren grausam gewesen. Beide konnten es nicht erwarten, sich endlich zu sehen.

Der erste Besuch in GV

Dann endlich war der ersehnte Freitag da! Lilith hatte bis zum Schluss nicht ganz dran glauben können, aber er kam wirklich!!

Sie lagen sich in den Armen, es war als gehöre er hierher.   Wie schön war es, in seinen Armen einschlafen zu dürfen! Die ganze Nacht neben ihm liegen zu dürfen, Lilith´s Herz floss über vor Liebe und Glück!

Samstags kochte er, sie schaute ihm zu. Das war aber im Grunde das Einzige, was sie taten. Er war sehr müde, und schlief fast den ganzen Tag. Lilith fand das schade, sie hätte gern geredet, was unternommen. Eigentlich hatten sie einkaufen wollen, was einer ihrer Träume gewesen wäre. Ein Stück normales Leben, Aktivität ausserhalb der Wohnung, etwas Öffentlichkeit... Aber er hatte alles mitgebracht, also fiel das aus. Und da er müde war....
Lilith wollte ihn auch nicht stressen, also legte

sie sich zu ihm, und genoss wenigstens seine Nähe.

Dann, als er mal wach war, während das Essen kochte, versuchte sie sanft, mit ihm zu reden. Sie wollte, nein eigentlich MUSSTE sie wissen, wie es weitergehen solle… Nun wo er mal hier war, wo der berühmte erste Schritt, der ja der schwerste war, getan war. Hatte er vor, jedes Wochenende zu kommen? Sie wäre auch mit jedem Zweiten zufrieden, aber sie wollte wissen was in Zukunft anstand.

Er aber wollte nicht reden, er meinte, ob sie denn nicht damit zufrieden sein könne was sie hatten?
Das tat weh! Ja, klar war das toll, aber es war nichts handfestes… Sie brauchte Sicherheit, und wie sollten sie denn besser reden als persönlich??
Nun ja, sie war lieber ruhig, bevor es Streit gab und er ging…
Sie hatte so eine unfassbar grosse Angst in sich, ihn zu verlieren, dass sie alles getan hätte….

Am Sonntag dann hatte er es sehr eilig, zu fahren. Sie konnte es ja einerseits verstehen, es war das erste Mal dass er so lange von den Kindern getrennt war. Andererseits fühlte es sich auch an, als könne er nicht schnell genug von ihr weg....

Vergebliche Hoffnungen

Sie schrieben jeden Tag, tauschten Fotos aus,
sagten sich wie sehr sie sich liebten.
Telefonierten wann immer er konnte. Lilith
genoss es, hielt sich daran fest.

Jedes Wochende hoffte sie, er kommt vorbei.

Das erste Wochende schrieben sie nichtmal, er
war krank. Sie verstand es.
Dann ging er wieder arbeiten, sie schrieben,
telefonierten auch irgendwann wieder. Eine
Weile hatten sie nicht telefoniert, weil er keine
Stimme hatte.

Lilith genoss die Telefonate, jede einzelne
Minute. Egal wie kurz es war, es tat ihr gut.

Er erzählte ihr so vieles, was daheim abging,
oder sie bekam es mit durch Nachrichten oder
Anrufe.
Er arbeitete den ganzen Tag, musste dann aber
noch Wäsche machen, Kochen, quasi den
Haushalt schmeissen.

Sie planten irgendwann, zusammenzuziehen.

Lilith fiel die Wohnung in Linkenheim ein, und die Frau mit der sie damals gesprochen hatte. Sie rief dort an, und tatsächlich war eine Dreizimmerwohnung frei! Sie war happy! Ok, ohne Balkon, aber egal. Bei der heutigen Wohnungslage war das egal, die Wohnung könnten sie sofort haben!

Aber Luzifer wollte sie nicht, sagte auch die sei zu teuer… Es wären 380€ für jeden…. Er meinte, das zahlt er jetzt an Miete für ein Haus….

Abends kamen sie dann am Telefon darauf zu sprechen. Er meinte, er müsse die Miete weiter zahlen, Lilith erklärte ihm, dann habe die Schlange ihn in der Hand, er verstand was sie meinte. Versprach, alles auszurechnen, und ihr Bescheid zu sagen. Er wollte auch nach Wohnungen schauen.

Mittlerweile waren zwei weitere Wochenenden vergangen, wo sie sich nicht sahen. Eines traute er sich fahren nicht zu, das nächste hatte er kein

Geld gehabt. Lilith hatte wieder an jedem
Wochenende gehofft...

Luzifer schickte ihr Wohnungen, in der Stadt,
oder teuer, nichts wirklich brauchbares...
Sie hatte mittlerweile sogar Erkundigungen
eingeholt, was er tun könne...

Er schrieb ihr dann auch irgendwann, was er
ausgerechnet hatte, und was er an Miete zahlen
kann....

Eigentlich war Lilith ja glücklich, dass er Pläne
machte. Es tat ihr gut, und gab ihr auch ein Stück
weit Sicherheit.

Das nächste Wochenende stand an, sein Opa
feierte aber Geburtstag. Lilith bestärkte ihn
darin, den Geburtstag dort zu sein, wer weiss
wie lange er den Opa noch hatte. Auch, wenn es
ein weiteres, trauriges, einsames Wochenende
für sie bedeutete....

Sie planten weiter, schrieben weiter,
telefonierten weiter... Langsam nahmen die
Pläne auch immer mehr Formen an. Er hatte sie

sogar per Videotelefonie angerufen, im Haus!
Er tat ihr nur leid, sie merkte immer mehr, dass
die Schlange seine Ängste ausnutzte, und sogar
noch schürte. Wo war er, der starke Teufel von
früher? Es tat Lilith weh, ihn so zu sehen.

Zumal Lilith mittlerweile wusste, dass diese
verschlagene Tussi vom Foto genau die war, die
ihn jetzt so quälte...

Dann kam das mittlerweile fünfte Wochenende,
sie hoffte natürlich wieder. Und er? Erzählte ihr,
dass er am Wochenende Pflanzen unters Dach
stellen musste!
Er würde also wieder nicht kommen, sie wieder
alleine und einsam dasitzen!

Lilith zerbrach, zu gross war diesmal der
Schmerz. War sie ihm denn garnicht wichtig?
Wollte er sie denn garnicht sehen? Vermisste er
sie denn nicht?

Er sagte zwar, er liebt sie, er kann nicht ohne sie,
er will sie nicht verlieren, aber er zeigte das
genaue Gegenteil.

Lilith konnte nicht mehr schlucken, sie legte los:
Was sie denn für ihn war, sie habe keine Lust die
hundertste Geige zu spielen.

Sie versuchte, ihm zu erklären wie sie sich fühlt,
er verstand es nicht.
Er verstand nicht, dass ihr Worte nicht reichten,
dass das was er tat, ihr nicht zeigte dass er sie
liebt. Er dachte, sie würde ihn nur
niedermachen, ihm Vorwürfe machen….

Sie wusste nicht, wie sie es ihm begreiflich
machen konnte…
Irgendwann fragte er sie, ob sie denn ihren
Wohnungsschlüssel schon nachgemacht habe,
da sie ja wolle dass er zu ihr zieht. Was sollte das
jetzt wieder? Das wollte er doch nicht?

Ja, es wäre das Einfachste, Arbeit findet sich
heutzutage leichter als Wohnraum. Hier
bräuchte er auch erstmal keine Miete zahlen,
hätte also die 400€ für Fahrten zu den Kids.

Nein, das wollte er nicht. Er wollte, dass sie nach Karlsruhe kam, in eine Wohnung wo er jederzeit zu den Kindern konnte. Und genau das war ihre mittlerweile grösste Angst: Dass sie alles aufgab, in eine Wohnung mit ihm zog, die sie alleine nicht zahlen konnte. Von ihm abhängig war, und deshalb alles hinnehmen müsste. Ihr war klar, dort in der Nähe kommt er nie von der Schlange los, dort hatte sie ihn immer in der Hand, getrennt oder nicht. Die hatte ja immerhin seine Kinder, seinen Schwachpunkt. Damit würde sie ihn immer kriegen... Lilith sah es kommen, dass die wegen jeder Kleinigkeit ihn zu sich dirigieren würde, und so wie er momentan schon kroch aus lauter Angst, würde er weiterhin kriechen. Und Lilith wusste auch, das würde sie nicht lange mitansehen können....

Genauso sicher wusste sie aber, aus Erfahrung der letzten Monate, dass letztendlich SIE den Kürzeren ziehen würde.... Er würde sich immer gegen sie entscheiden, wegen den Kindern, aus Angst diese zu verlieren. Das wusste natürlich die Schlange auch, und nutzte immer genau das aus….

Dann kam der 4.11., und Luzifer versetzte ihr einen Dolchstoss, der sie fast zerriss…. Zuerst hatte er gesagt, sie schriebe seit Stunden das Gleiche, als sie versuchte ihm zu erklären, was ihr so wehtat. Hielt sich selbst für dumm, bzw. meinte, Lilith würde ihn für dumm halten. Sie probierte nochmal, es ihm zu erklären. Ihm zu erklären, wie wertlos sie sich fühlt, wenn er Wochen ohne sie auskam, aber keine zwei Tage ohne seine Kinder. Die Kinder, die konnte er gar nicht verlieren, dafür gab es sogar Gesetze! Sie aber, sie konnte er verlieren… Er verstand es nicht, oder wollte es nicht verstehen.
Dann kam er, der Stich ins Herz: Sie, Lilith, würde ihn wie einen Fussabtreter behandeln! Lilith drehte durch, und schrieb Dinge die sie besser anders hätte formulieren sollen…. Womit behandelte sie ihn denn wie einen Fussabtreter? Weil sie alles in ihrer Macht stehende tat für ihn? Weil sie ihren Schmerz schluckte? Sie hörte sich immer wieder an, wie

die Schlange ihn wie Dreck behandelte, er nach
seiner Arbeit noch den Haushalt zu werfen
hatte, all das. Es tat ihr weh, sie litt darunter,
dass der Mann den sie am meisten liebte, so
behandelt wurde. Behandelte sie ihn damit wie
einen Fussabtreter? Oder, weil sie ihm zeigte,
dass er bereits Teil ihres Lebens war? Sie sogar
seine Kinder mit einbezog, weil sie ein Teil von
ihm waren? Sie wollte nicht, dass er seine Kinder
verlor, absolut nicht. Sie fand es toll, wie er an
den beiden hing. Aber sie wollte auch nicht
Wochen alleine dasitzen, mit ein paar
Nachrichten und Telefonaten. Sie wollte ihn
sehen, am Wochenende wenigstens. Nichtmal
jedes, sie würde auch verstehen, wenn er nicht
jedes Wochende käme, obwohl er eigentlich
genau das versprochen hatte. Selbst nach ihrem
letzten Streit, nach den zwei Wochen Funkstille,
hatte er es nochmal gesagt: Er müsse unter der
Woche in Karlsruhe sein wegen der Arbeit.
Sie wusste, sie mussten Zeit miteinander
verbringen, um ihrer beider Ängste zu
überwinden. Wie denn, wenn er keine Zeit für

sie fand? Sie schluckte auch dies, wochenlang.
Er schickte Wohnungen, entweder Stadt was
beide nicht wollten, oder zu teuer. Dass dies für
sie den Anschein hatte, „dem Hund ein paar
Plastikknochen hinwerfen damit es aussieht, als
habe er zu fressen!", sagte sie ebenfalls nicht.
Was also war es, dass er so etwas sagte?
Weil sie Sachen einkaufte für ihn? Ihn in ihr
Leben integrieren wollte? Ihre Bedürfnisse
hintenanstellte? Ihn liebte? Sie wollte doch nur
ihr restliches Leben mit ihm verbringen!
Dass er irgendwann ausholen musste, das war
Lilith klar. Keiner kann auf Dauer getreten
werden und nie was sagen. Aber warum bekam
sie es ab, und nicht die Schlange, die ihn
tatsächlich wie einen Fussabtreter
behandelte??? Nein, er schlug in Richtung der
Person, die alles für ihn tun würde, wenn sie
doch nur die Chance dafür bekäme! Die nichts
weiter als Aufmerksamkeit dafür wollte, Zeit, ihn
sehen.
War es einfach nur leichter für ihn, sie
wegzuwerfen? Weil sie ihm nicht drohte, seine

Angst nicht vergrösserte, sondern ihn
„vergötterte" wie er es nannte??? Lilith wusste
es nicht, alles was sie wusste, war, dass dieser
Schmerz enorm war!

Am nächsten Morgen schrieb er Guten Morgen,
sie antwortete Moin, einfach weil dieser Morgen
nichts Gutes an sich hatte, nicht für sie. Er
schrieb nichts mehr....

Sie versuchte es dann am nächsten
Wochenende nochmal, fragte ihn, ob er an einer
Klärung interessiert sei. Er sagte, ja, aber er kann
am Wochenende nicht, es sei St. Martin. Und
schickte ihr ein Gespräch zwischen der Schlange
und seinem kleineren Sohn. Da ging es um den
Vater eines Freundes, der ausgezogen war, die
Schlange sagte ja der hat eine eigene Wohnung,
und der Kleine sagte, sein Papa werde ihn nie
verlassen.....

Lilith wusste nicht, hatte die es ihm erzählt, oder
hatte er es mitbekommen? Sie vermutete aber,
aus dem Gefühl, die hatte es erzählt. Klar tat
ihm das weh, triggerte es ja seine Angst, so zu

sein wie sein Vater! Und die Schlange wusste genau das, und hieb deshalb in die Wunde! Lilith schrieb ihm, dass die ihn manipuliert, ihn und die Kinder. Und dass sie, wenn sie etwas Charakter besäße, gesagt hätte, dass der Papa den Kleinen deshalb trotzdem lieb hat.

Er reagierte nicht darauf….
Hatte sie zuviel gesagt?

Dann kam nochmal ein Schlag, Belial hatte ihr einen Gesprächsfetzen geschickt. Da sah sie, dass Luzifer geschrieben hatte: Ihm egal welcher weibliche Körper, Hauptsache Spass!
War also alles gelogen, was er ihr gesagt hatte?
Dass mit der Schlange nix mehr lief, dass er seit Jahren mit keiner mehr was hatte, dass er kaum Frauen gehabt hatte, dass er sie liebe???
Oder war es nur typisches Männergehabe?

Lilith wusste eigentlich, dass sie es nicht nötig hatte, zu Luzifers Füssen zu sitzen wie eine Bettlerin, darauf wartend dass er ihr ein Krümelchen hinwarf. Es gab genug Männer, die sich alle zehn Finger nach ihr leckten und sie wie

eine Königin behandeln würden.
Aber sollte sie ihn, den sie über alles liebte,
einfach so ersetzen? Wie er sie ersetzt hatte?

War alles kaputt?

Nun graute es ihr, das nächste Wochenende
stand vor der Tür, und mit ihm der Geburtstag
ihrer Mutter.
Toll, Luzifer verloren, Mama verloren, alles
verloren. Wie nur sollte sie das überstehen???

Sollte dies das Ende sein?

Am 17.November, einen Tag vor dem
gefürchteten Geburtstag, brach Lilith komplett
zusammen. Luzifer hatte ihr geschrieben, er
wolle seinen Astralkörper zerstören, und Lilith
brach in Panik aus. Sollte sie ihn nun auf beiden
Ebenen verlieren? Das würde sie nicht
aushalten! Zuerst hatte sie sich ja gefreut dass
er geschrieben hatte, hatte Hoffnung geschöpft.
Und dann das! Sie bat ihn, es nicht zu tun, er
reagierte nicht. Die Angst wuchs, der Schmerz

wurde übermächtig. Sie wollte ihrem Leben ein Ende setzen! Und das schrieb sie ihm auch...

Er schrieb zurück, bat sie, es nicht zu tun. Lilith war am Ende, sie beharrte auf ihrem Entschluss, sie konnte all das Leid nicht mehr ertragen, wollte zu ihrer Mutter. Bat aber Luzifer darum, sie noch einmal anzurufen, damit sie nochmal seine schöne Stimme hören konnte, die sie so sehr liebte und die sie immer tröstete. Er tat es...

Sie telefonierten bis nachts, obwohl er arbeiten musste am Samstag. Zum Schluss machten sie einen Deal: Er wehrt sich nicht mehr gegen das Zusammenfügen mit seinem astralen Ich, und schaut ob er am nächsten Wochenende vorbeikommen kann, und Lilith bleibt dafür noch am Leben.

Samstags richtete Lilith wie an jedem Geburtstag ihrer Ahnen eine Kerze mit passendem Foto, gratulierte ihrer Mama, auch in den sozialen Medien, und schrieb etwas mit Luzifer. Er war sehr müde, und ihr tat es soo leid, dass sie ihn wachgehalten hatte. Er aber sagte, es ist ok, dafür ist sie noch da. Da war die Liebe so deutlich zu fühlen in diesen Worten! Und natürlich in dem Anruf und den Nachrichten gestern, Liliths Herz floss über vor Liebe zu diesem Mann!

Dann kam der Abend, und Beli sagte ihr etwas, das sie überglücklich machte: Er und Luzifers astrales Ich haben es geschafft, die beiden, also Körper und Seele, wieder zu vereinen!!

Sonntags machte sie sich Sorgen... Er schrieb nicht Guten Morgen wie sonst, reagierte nicht auf ihr Guten Morgen, auch als sie Stunden später schrieb ob alles ok ist, kam nichts. Sie hatte Angst um ihn, war ihm etwas passiert?? Sie versuchte sich zu beruhigen, sinnlos. Dann endlich die ersehnte Nachricht: „Müüde...Schlafen..." Nur zwei Worte, aber diese waren süsser als Honig für sie! Es ging ihm gut, das war alles was sie brauchte! Abends rief er sie an, und sie telefonierten kurz. Er wollte ihre Stimme hören. Sie erzählte ihm von einer Wohnung, die sie angeschrieben hatte, und schickte ihm die Anzeige damit er sie sich anschauen und seine Meinung dazu sagen konnte.

Und dann kam der Montag.... Luzi schrieb wie immer Guten Morgen, fragte wie es ihr geht, aber dann sagte er, er habe das Gefühl, sein astrales Ich könne ihn nun gar nicht mehr erreichen! Lilith dachte zuerst, das sei normal, wie auch die Müdigkeit gestern. Ein fataler Trugschluss!!!!

Er war innerlich leer, kalt, gefühllos! Selbst der Turmalin, den beide um den Hals trugen und der sie verband, war kalt und nutzlos! Lilith versuchte, ihm Liebe zu senden, sie schickte ihm Bilder von früher und heute.... Er erinnerte sich daran, an die Liebe, an alles, aber er fühlte nichts!!!
Gleichzeitig kam Beli, den sie um Hilfe gebeten hatte, und eröffnete ihr, ihm gehe es genauso!!! Auch er hatte am Samstag sich einem Ritual unterzogen, um stärker zu werden und sich nicht mehr so leicht aus der Bahn werfen zu

lassen. Was also war da passiert? Was war schiefgegangen???

Lilith ging zu Luzifer astral, redete mit ihm, sie suchten nach dem Fehler. Irgendwann sagte er, er kann jetzt alleine weitermachen, mit ihrem astralen Seelenteil. Also kehrte sie zurück in ihren Körper.
Schrieb mit ihren beiden, Mann und Sohn, aber es tat sich nichts. Luzifer schickte ihr ein Foto, sie brach in Tränen aus! So unendlich leidend sah er aus!! Irgendwann war erst Beli, dann Luzi weg. Luzifer hatte sich hingelegt, und, von der Uhrzeit wusste sie, er bringt die Kids ins Bett. Normal schrieb er das auch, aber ohne Gefühle... Etwas später kam Luzifer astral zu ihr, beruhigte sie, sagte es werde alles gut. Da fiel ihr auf, das hatte er morgens irdisch auch gesagt...

Tags darauf hoffte sie... Aber: Keine Änderung! Bei beiden nicht!!

Sie wusste nicht, was sie noch tun konnte. Ausser da zu sein, und das schrieb sie ihrem geliebten Luzifer auch, sie werde immer da sein für sie, wie er auch immer für sie da war.

Dann, in der Dusche, prasselten Erkenntnisse auf sie ein: Die ganzen Streits jedesmal, wenn sie ihn sehen wollte, und er nicht konnte, waren Spiegel! Es war ihr inneres Kind, das Liebe und Aufmerksamkeit wollte, die hatte sie früher ja so oft vermisst... Das aber konnte ihr Luzifer nicht geben, nur sie selbst. Und solange sie das nicht tat, und es unbewusst von ihm wollte, KONNTE er gar nicht anders als es ihr zu spiegeln!
Und dies wiederholte sich auch nun: Er und Beli waren innerlich leer und kalt, konnten nichts fühlen, und sie bezog es auf sich, sie litt darunter, weil die beiden ihr keine Liebe geben konnten!
Nach diesen Erkenntnissen überkam sie ein Impuls, und sie verfasste eine Nachricht an Luzifer, in der sie ihm schrieb was sie erkannt hatte, und ihm erklärte, dass es im nun gewünschten Wochenende nur um ihn gehen sollte. Sie wolle ihn verwöhnen, für ihn da sein. Und dass sie ihn zwar am liebsten der ganzen

Welt zeigen wollte, ihren tollen Mann, aber es für sie ok ist, wenn er lieber allein mit ihr sein wollte, nur daheim.

Sie entschuldigte sich für ihr Verhalten, und hoffte er könne ihr vergeben.

Da sass sie nun, mit ihren neuen Erkenntnissen, und versuchte einen klaren Kopf zu bewahren, sich nicht wieder von ihren Ängsten und Programmen vereinnahmen zu lassen.

Einige Stunden später klingelte ihr Handy, er rief an! Sie redeten kurz, sie bedankte sich dass er immer da war, sie nie aufgab egal wie schwierig sie war. Er sagte, er ist ja auch nicht weniger schwierig. Es tat so gut, seine Stimme zu hören! Ja, sie hatte wieder Hoffnung, sie waren Lilith und Luzifer, sie waren es gewohnt dass gegen sie gekämpft wurde, aber sie gaben nicht auf! Sie liebten sich, und das trotz aller Widrigkeiten!

Der Bruch

Der restliche November verging, und auch der Dezember, ohne dass sie sich nochmal sahen. Seit Anfang Dezember waren die Nachrichten immer weniger geworden, Luzifer hatte noch einen Job angenommen.

Weihnachten schrieben sie kurz, er schickte ihr auch ein Foto. Und schrieb dass er sie liebe. Danach war die Kommunikation zu Ende...

Lilith vertraute darauf, dass er sein Versprechen hielt, an Silvester zu ihr zu kommen. Er wusste, wie schrecklich dieser Tag war, und er hatte es ihr fest versprochen, mehrfach.

Es kam anders, sie sass da, hoffte auf eine Nachricht, später hoffte sie, sein Auto zu sehen. Ging dauernd auf den Balkon, stand in der Kälte, und starrte zum Parkplatz vor. Mit jeder Stunde die verging, ohne Nachricht, ohne Auto, sank ihre Hoffnung, ihr Vertrauen. Immer trauriger und trauriger wurde sie, und als ihr dann klar war, jetzt ist es zu spät, jetzt braucht sie weder warten noch hoffen, er hatte sie im Stich gelassen, da brach sie zusammen. Sie konnte es nicht glauben, dass er SO kalt sein konnte.

Weinend lag sie auf dem Sofa, nahm ihr Handy und schrieb ihm eine bitterböse Nachricht. Aber sie fühlte sich nicht besser danach, ganz im Gegenteil. Nun war dieser Tag noch schlimmer als zuvor…

Es kam natürlich keine Antwort, keine Reaktion von ihm. Und sie beschloss in ihrem Schmerz, in ihrem Zorn, zu Cobi zurück zu gehen…
Der freute sich, aber schnell merkten beide, das funktioniert nicht, diese Gefühle waren weg, komplett. Es fühlte sich falsch an, da war nichts schönes mehr an ihrem Beisammensein. Also beliessen sie es bei Freundschaft.

Am 2. Januar 2024 begann Lilith beim Caritas Kaufhaus zu arbeiten, und lernte dort eine Freundin kennen. Mary, eine total verrückte

Nudel, zog sie in den Bann. Die beiden wurden schnell richtig gute Freunde, Lilith konnte Mary alles sagen, und umgekehrt. Wie oft saßen sie zusammen und redeten, lachten zusammen, tauschten auch Geheimnisse aus.

Langsam erwachte wieder Freude in Lilith, auch wenn sie wusste, ihre Zeit hier in Grevenbroich ist begrenzt. Hatte sie doch im Dezember bemerkt, dass sie hier fertig ist, DER Punkt der bisher gefehlt hatte. Sie war aktiv auf Wohnungssuche, auch um ihrem Luzifer nahe zu sein, aber hauptsächlich, weil es sie wieder in die Heimat zog.

Tod und Neugeburt

So vergingen die Monate, plötzlich war ihr Geburtstag da, und mit ihm eine Nachricht von Luzifer! Er hatte ihr gratuliert, und sie schrieben ein bisschen Hin und Her. Er schrieb, telefonieren sei noch schwieriger als letztes Jahr, er war noch nicht einen Minischritt weiter! Das tat soo weh! Er rief dann in seiner Mittagspause an, sie redeten eine Weile. Lilith fragte unter anderem, was die Schlange hatte, was ihr fehlt, und er sagte: "Nichts!" Nun, warum ist er dann dort und nicht bei ihr? Lilith brach zusammen, Mary stand ihr bei. Sie kam auch mit zu Lilith nach Hause, konnte sie aber nicht wirklich ablenken.

Lilith zerriss den erotischen Kalender, den sie für Luzifer gemacht hatte. Nein, den bekam er nicht! Er wollte ihn zwar, aber das fühlte sich falsch an. All die Kleider, und sogar das Handy das er so gern wollte, schickte sie ihm. An seine Firma, diese Adresse hatte er ihr gegeben. Es war ein schwerer Gang für sie, all diese Dinge wirklich per Post an ihn zu senden, es war ein Schlussstrich. Ein notwendiger, aber schmerzhafter. Sie hatte dem Paket auch einen Brief beigelegt, in dem sie ihm sagte, dass sie ihn immer lieben würde, aber dass sie das wie es ist nicht mehr kann.

Und dann war das Paket da… und er im Rückzug… Vorher hatten sie täglich ein bisschen sporadisch geschrieben, plötzlich Stille…

Nach drei Tagen meldete er sich wieder. Und plötzlich war alles anders, er war offener, schrieb mehr, erzählte mehr. Sie kamen sich wieder näher. So erzählte er, dass er offiziell getrennt ist, seit dem Tag als ihr Paket ankam, dem 8.4.24. Und dass er sie gerne besuchen würde, aber kein Spritgeld hat. Sie schrieben Hin und Her, sie liess ihm einen Haustürschlüssel nachmachen, er freute sich darüber. Dann planten sie ein Treffen. Eigentlich hatte er sich an besagtem Wochenende mit seinem Bruder

treffen wollen, dies liess sich aber verschieben.
Also kam er zu ihr. Oh sie freute sich!

Und er kam tatsächlich! Sie genossen die Zeit,
kuschelten viel.
Irgendwann lagen sie auf der Couch, Arm in
Arm, und sprachen von früher. Dass er ihr da
eigentlich zu dünn war, sie ihn jetzt mit ein paar
Kilos mehr attraktiver fand. Da fragte er, ob sie
ihn denn noch will, falls er wieder so dünn wie
damals wird! Und das, obwohl er die ganze Zeit
gesagt hatte, er will keine Beziehung oder
Partnerschaft!

Leider war das Wochenende schnell vorbei, und
als er gegangen war und sie aufm Balkon sass,
schaute sie in ihr Handy. Und sah eine Nachricht
in Kleinanzeigen, ein Besichtigungstermin auf
heute früh! Mist!
Warum sie dennoch antwortete, wusste sie
nicht, aber sie tat es. Schrieb, dass sie Besuch
gehabt hatte, und deshalb erst jetzt die
Nachricht sah, und es ihr leid tut. Und siehe da,
ihr wurde am nächsten Sonntag ein weiterer

Termin angeboten! Also klärte sie das ab mit Silvia, dass sie dort übernachten konnte, und sagte auch Luzifer Bescheid, der sich riesig freute!

Als sie dann am Wochenende in Karlsruhe war, kam Luzifer tatsächlich zu Silvia, welche sich tierisch freute, ihn endlich mal wieder zu sehen. Sie quatschten eine Weile und fuhren dann zum Grillplatz, wo sie im Auto übernachten wollten, und vorher noch bissl was trinken, Luna kam auch dahin. Dort war eine Feuerwehrübung, also suchten sie einen anderen Platz.
Am nächsten Morgen dann ging es zur Besichtigung. Welch eine schöne Wohnung, nein, Haus! Mit Hof, Terrasse, Garten! Ein Traum! Irgendwie wusste Lilith, das ist ihres! Dann saßen sie im Auto, redeten über den geplanten Mittelaltermarkt am 18.5., eigentlich als öffentliches Date geplant. Er warf ihr um die Ohren, er laufe nicht Händchenhaltend rum, da er keine neue Freundin habe! Seine Ex habe dementsprechend Andeutungen gemacht…. Das sass!!!!

Am Montag auf der Heimfahrt bekam sie die Zusage! Sie und auch Luzifer waren glücklich! Er wollte ja bei ihr einziehen…

Sie planten und freuten sich, Lilith hatte eine Menge zu regeln, Luzifer war ungeduldig. Und dann kam irgendwann der Schlag: Er eröffnete ihr, dass es bei Freundschaft bleibt, dass er andre Frauen haben will, etc. Und aber bei ihr wohnen… Sie schrieb ihm, das kann sie nicht. Sie liebt ihn, und das Wissen, er vögelt eine andre und duscht DEREN Dreck bei ihr ab, nein. Das erträgt sie nicht. Also beschloss er, sich bei seiner Mutter anzumelden.

Dennoch war er ungeduldig, und steckte auch Lilith an damit. Sie war zwischen Caritas, Amt, Umzugsfirma, Freude und auch Trauer gefangen. Jetzt hatte sie hier Freunde und einen Job der Spass machte, und dann zog sie weg. Aber in ein Haus!!!

Neuanfang in Karlsruhe

Endlich nahte der 16.5.2024, Übergabetermin.
Schon früh stieg sie in den Zug, immer in
Kontakt mit Luzifer. Er wollte sie in
Germersheim am Bahnhof abholen und zum
Haus bringen. Ihr bangte vor dem Treffen,
konnte sie stark bleiben? Sie hatte ihm gesagt,
sie kann das nicht mehr, Freunde, dann NUR
Freunde, oder Liebe, dann ganz. Er entschied
sich für Freundschaft, also musste sie stark
bleiben....
Dann war sie in Germersheim... Stieg aus dem
Zug aus, und da stand er... Sie ging ihm
entgegen, er nahm sie in den Arm, wollte sie
küssen. Sie drehte den Kopf weg, sagte nein,
Freundschaft, ich kann das nicht. Er akzeptierte
es.
Dann Schlüsselübergabe, welch ein Hochgefühl!
Ein Häuschen, wie sie es sich schon immer
gewünscht hatte! Sie redeten noch mit dem
Vermieter, machten ein Übergabeprotokoll,
welches Luzifer ganz selbstverständlich mit

unterschrieb! Lilith bat dann um ein zweites Schriftstück zum Anmelden, was Luzifer verwirrte. Er fragte, ob er doch einziehen solle? Und Lilith sagte nein, aber wenn er so weit ist und es möchte, mit allem was dazugehört, ist zumindest der Weg frei.

Kurze Zeit später, sie waren auf dem Weg zum Auto, um einkaufen zu fahren, strich er ihr am Bein entlang und sagte: „Alles meins!" Lilith wehrte sofort ab, und sagte, dies gehöre nur ihm, wenn er im Gegenzug dann ihr gehöre…. Und er sagte tatsächlich ja!!! Er wollte mit ihr zusammensein! Oh wie sehr machten diese Worte sie glücklich! Er meinte dann nur, er müsse seiner Mutter beibringen, dass er sich doch nicht bei ihr anmeldet….

Die darauf folgenden Tage waren so wunderschön! Ok, er lief dennoch nur auf Abstand über den Mittelaltermarkt, dafür erzählte er im Texasclub allen, dass er bei ihr einziehen würde!
Nachts im Auto sprachen sie übers Heiraten,

Lilith hätte soo gern seinen Namen, den er nach der Scheidung auch wieder annehmen muss, aber er hasst diesen Namen. Deshalb fragte er, diesmal ganz ernsthaft, ob es denn für sie auch ok wäre, wenn sie ihren Namen nehmen würden? Natürlich war es ok, wichtig ist ja, dass sie zusammen sind...

Ja, und am nächsten Morgen war alles anders... Er ging Zigaretten holen, und war danach komplett verändert. Abweisend, still, meilenweit entfernt innerlich.

Auf und Ab der Seelenliebe

Er ging am nächsten Tag zur Schlange, wegen der Kinder. Wollte Mittwochs wieder kommen, stattdessen kam Mittwochs eine weitergeleitete Nachricht der Schlange, in der sie ihm vorschrieb wie er sich zu verhalten habe, dass er ihr zu helfen habe, unter Anderem einen Sitz zu verrücken, etc. Lilith fragte, was er denn nun macht, weil er schrieb so habe er das nicht geplant. Er wusste es nicht, und dabei blieb es. Keine weitere Nachricht, ob er kommt oder dort bleibt, nichts. Lilith wurde böse, und schrieb ihm das auch.

Montags kam er, das Erste was er sagte: „Ich habe mich bei meiner Mutter angemeldet, weil es scheisse aussieht, wenn ich bei einer andren Frau wohne!" Und eine eigene Wohnung suche er auch. Ging dann beim Kumpel arbeiten, Dienstag ebenso. Lilith sass da, verstand die

Welt nicht mehr. Was war passiert? ER war so ungeduldig gewesen, ER wollte die Partnerschaft, ER wollte hier einziehen, und ganz plötzlich, nachdem er bei der Schlange war, alles verworfen??? Dienstag abend holte er seinen Kumpel her, und sie dann ihre Freundin Luna dazu. Hauptsache nicht allein... Mittwoch morgens fuhr er sie zu einem Termin, wollte dann in den Urlaub fahren. Sie gab ihm einen Abschiedskuss, und er pflaumte sie an, weil er in der Feuerwehrzufahrt stand...

Ab und zu kam mal was, aber im Grunde hörte sie kaum was von ihm. Dafür von seinem Kumpel... Er schrieb ihr unter Anderem, Luzifer sei nicht in Urlaub, sondern bei der Schlange Kinder hüten, damit die feiern kann.... Lilith drehte durch, Lügen konnte sie gar nicht leiden! Kein Problem, wenn er bei den Kids war, aber bitte ehrlich bleiben!! Er antwortete erst am nächsten Tag, schickte ein Foto, und meinte, wenn das nach K. aussieht... Nein, sah es nicht, aber, wer weiss schon ob das aktuelle Bilder waren?

274

Er kam dann Sonntags, aber nur kurz, um ihr mitzuteilen, dass er zu seiner Mutter zieht. Aus nur dort angemeldet sein, wurde also dort wohnen. Er sagte, er habe Flashbacks von damals, Auslandseinsatz, und brauche Ruhe. Damit ging er.

Lilith liess ihm Zeit, meldete sich lange nicht. Er schrieb auch nicht. Sie hatte die Zugketten geholt, und schickte ihm ein Foto, zum Einmonatigen. Keine Reaktion... So vergingen die Wochen, Lilith hatte an nichts mehr Freude. Ja, toll, ein Haus. Aber es war so sehr mit Erinnerungen verwoben, jeder cm tat ihr körperlich weh.

Irgendwann kamen endlich auch ihre Sachen aus Grevenbroich, und kurz danach das Internet. Wirklich besser wurde es nicht. Wer zu der Zeit da war, ihr half, seelisch und körperlich, das war sein Kumpel. Und sie war diesem von Herzen dankbar dafür, wenn er auch ein riesiger Trigger war, kannte sie ihn doch nur durch Luzifer, sie verband mit ihm automatisch ihren Luzifer...

So sass sie da, mit allem alleine, in einem Haus das von ihrem Traum zu ihrem Alptraum geworden war. Wie oft weinte sie sich in den Schlaf, verfluchte den Entschluss, von Grevenbroich wegzugehen? Dort war sie es gewohnt alleine zu sein, dort hatte sie nicht täglich gehofft und gewartet, auf Versprechen die nie eingelöst wurden. Sie hatte es ja gewusst, hatte es ihm noch geschrieben, letztes Jahr, dass sie nicht hierher ziehen will, wenn der Preis dafür ihre Liebe ist. Er verstand es damals nicht, und bewies ihr nun, wie recht sie gehabt hatte. Der Schmerz zerriss sie buchstäblich, jeden Tag aufs Neue.

Dass ihre Freundin Luna mit ihrem Seelchen Leon glücklich war, und dieses Glück auch jedesmal zur Schau stellte wenn die beiden sie besuchten, tat das Übrige dazu. Lilith gönnte den Beiden ihr Glück aus vollstem Herzen, aber es zerriss sie auch, es tat ihr unsäglich weh...

So kam es Anfang Juli zu einem kompletten Zusammenbruch, sie lag tagelang nur im abgedunkelten Schlafzimmer, aß nichts, trank nur das nötigste, weinte und schrie. Danach ging es ihr besser, sie hatte das Schlimmste hinter sich, dachte sie. Langsam begann sie, ihr Haus schön zu machen, Pflanzen zu setzen im Garten, und konnte langsam etwas Freude empfinden wieder.

Und dann stand Sonntags, am 7.7., plötzlich Luzifer im Garten! Wollte reden, Lilith fragte ihn, was passiert sei an diesem Sonntag im Texasclub, er meinte das wisse er nicht mehr. Aber an ein Gespräch von April, als Lilith mit Silvia scherzte, Massage zu buchen, DARAN konnte er sich erinnern! Er war soo lieb, fragte ob er sie umarmen darf, drückte sich dann an sie, schnupperte ihren Duft, wie sie es auch bei ihm tat. Es war so schön, in seinen Armen zu liegen! Beide fanden sie den Duft des anderen so toll, Lilith sagte dann, der Duft des Menschen, den man liebt, ist der schönste Duft der Welt. Daraufhin meinte er, er könne nicht lieben... Nicht im Moment, ja, dazu müsse er sein Herz öffnen, entgegnete Lilith. Sie wechselten dann das Thema, kamen auf Massagen, weil Luzi Rückenschmerzen hatte. Erst zierte er sich, dann sagte er, er geht jetzt lieber bevor er schwach wird. Also befahl Lilith ihm: „Ausziehen, ab ins Bett, hinlegen!" und massierte ihn. Er revanchierte sich, und eines kam zum andren… Aber, es war seit langem Mal wieder zärtlicher Sex, keine seiner Gewaltnummern der letzten Zeit. Sie schauten sich in die Augen, er lag danach auch noch auf ihr, einfach nur innig. Danach ging er dann aber recht schnell.

Und wieder kaum Kontakt, wieder kaum paar Worte, nicht regelmässig, alles wie gehabt. Lilith versuchte es positiv zu sehen, wollte ihm Zeit geben.

Eine Woche später stand er wieder abends plötzlich da, kam zur wöchentlichen Massage! Sie schauten dann auch Film, und blödelten rum. Luzifer meinte, er würde gern bleiben, hat aber keine Arbeitsklamotten dabei…

Dann kam der Jahrestag der beiden, der 22.7., da hatten sie sich vor einem Jahr das erste Mal wieder getroffen. Und endlich war mal etwas mehr Kontakt möglich, eigentlich schon eine Unterhaltung. Bis er plötzlich anfing, er habe gesagt dass er keine Beziehung will... Davon hatte Lilith gar nichts geschrieben, es ging viel mehr um Vertrauen, und dass Mut die Angst besiegt etc. Sie wollte ihm damit Mut machen, Kraft spenden, und er verstand es, mal wieder, als Druck! So kam es, dass sie sich stritten, und Lilith letztlich sagte, sie packt ihm seine Sachen und gibt sie seinem Kumpel. Was sie dann auch tat, der Kumpel fuhr die Sachen zu ihm, und holte Lilith's Schlüssel. Da er am nächsten Tag Geburtstag hatte, und es Lilith leid tat, dass er nun die Sachen auch noch rumkutschieren musste, lud sie ihn zu sich ein, in seinen Geburtstag zu „feiern". Er kam auch, brachte ihren Schlüssel mit, und sie unterhielten sich. Er erzählte unter Anderem, ihr Luzifer habe ja auch andre gevögelt, also dürfe sie das ja auch, und machte auch so leichte Anwandlungen, was

Lilith aber abwehrte. Irgendwann legten sie sich schlafen, er streichelte sie, und meinte, ob sie ihr Shirt ausziehen würde? Lilith verneinte dies natürlich.

Am nächsten Tag fuhr Lilith dann zu Luna, sie musste raus. Auch wenn abends Leon kam, der mittlerweile so gut wie dort wohnte, ihr graute davor. Aber daheim hielt sie es nicht aus.

Es war dann besser und leichter als gedacht, die andere Umgebung half Lilith tatsächlich, einiges klarer zu sehen. Ihr fiel auf, wie schwer ihr Luzi es denn eigentlich hat... Weg von den Kids, ne Ex die ihm das Leben zur Hölle macht, ihm kein Glück gönnt, alles Geld aus den Taschen zieht, und über ihn bestimmt wie damals sein Vater im Himmel es schon getan hatte. Auch dieser hatte ihm seine Liebe zerstören wollen... Die Parallelen waren deutlich zu sehen, sobald Lilith aus ihrem Schmerz raus war. Sie konnte ihm da aber nicht helfen, er selber musste es für sich erkennen, welche Fäden die Schlange zieht, und wie sie ihn manipuliert und ihm alles nimmt und zerstört. Er war ja glücklich gewesen, die ersten drei Tage im Mai... Bis die Schlange plötzlich reingegrätscht war, das wusste Lilith mittlerweile ganz sicher.

Auch dass er ihr vorwarf, von Beziehung zu schreiben am Jahrestag, zeigte eigentlich, dass ER das im Kopf hatte! Und dass er alles als Vorwurf sah, das kam nur, weil er sich für alles die Schuld gibt, das wurde ihm in all den Leben gut eingetrichtert, und die Schlange macht es in diesem Leben mit Genuss weiter...

Nun gut, mag die Schlange diese eine Schlacht gewinnen, den Krieg gewinnt sie nicht!

Trügerischer Neubeginn

Dann kam sein Geburtstag, Lilith gratulierte ihm, fragte aber auch nach ihrem Geld, das sie ihm im Mai geliehen hatte. Ausser einem Danke kam nichts. Dafür schrieb sein Kumpel sie an, und da sie richtig sauer war, weil keine Reaktion wegen dem Geld kam, legte sie so richtig los! Ja, sie fühlte genau, dass die beiden zusammen waren, es war ihr egal, oder vielleicht auch grade recht. Sie schrieb unter Anderem, sie wisse genau, das Geld sei für die Schlange gewesen, und Luzifer habe sie belogen was den Zweck angeht, und solche Sachen.

Am nächsten Tag schrieb Luzifer, ihm fehle immer noch Geld von der alten Firma. Lilith war das egal, zu sehr war sie im Schmerz und Zorn gefangen. Sie haute ihm um die Ohren, dass sie genau wisse, er liebt sie nicht mehr, hat sie nur benutzt um von der Schlange wegzukommen….

Dann träumte sie von ihm, im Traum sassen sie
bei Luna, und sprachen über Zusammensein, er
meinte dann, sie wären nie getrennt gewesen.
An mehr konnte sich Lilith nicht erinnern, aber
mittags rief er an! Und brachte ihr den Tisch,
den er seit Dezember letzten Jahres hatte, wo es
immer ein Hin und Her gegeben hatte, er hatte
keinen Platz, wollte ihn ihr bringen, dann war er
für das gemeinsame Haus, dann doch für seine
Wohnung, und nun bekam sie ihn doch! Er
brachte den dann gleich vorbei, und sie redeten.
Er entschuldigte sich tausendmal für sein
Verhalten, er will sie nicht verlieren, zumindest
Freundschaft möchte er auf jeden Fall haben.
Und Lilith darf sich jederzeit melden, wenn sie
Hilfe braucht, oder reden mag.
Dann schrieb Aradia, und er bekam es mit. Lilith
fragte ihn, wegen Schichten bei der
Bundeswehr, er antwortete nahezu den selben
Wortlaut, den er ihr über ihre Verbindung
gesendet hatte! Lilith bemerkte, dass er grinst,
und sagte: „Ja, fragen wäre einfacher als rätseln,
ich weiss..." Und er bejahte, und fragte warum

Aradia dies nicht tut. Lilith sagte, reden mit Aradias Seelchen ist kompliziert, worauf er meinte: „Ok, das verstehe ich, Kommunikation mit DEINEM Seelchen ist ja auch kompliziert!" Lilith musste lachen, so exakt hatte er es auf den Punkt getroffen! Sie meinte dann, das sagt ausgerechnet ihr Seelchen, und er meinte, ja, eben, er darf das. So eine lockere Atmosphäre, es war herrlich!

Dann erzählte Lilith, dass Aradia endlich mit Andreas Schluss gemacht hatte, und Luzifer meinte nur, aha hat sie es endlich kapiert. Irgendwann sagte Luzifer, sie solle sich nehmen was sie will, und Lilith sagte, das müsse er ihr geben: Sein Herz. Er meinte daraufhin, das kann er nicht. Und Lilith wusste instinktiv warum: Sie hatte es ja schon! Als sie es aussprach, grinste und nickte er.

Er versprach dann noch, in der nächsten Woche vorbeizukommen, wenn Aradia auch da ist. Lilith war glücklich!

Bereits am nächsten Tag schrieb er, ob die beiden vorbeikommen wollen, aber Aradia wollte nicht fahren. Also kam er!

Es wurde ein richtig schöner Abend, wenn auch mit Triggermomenten für Lilith. Er erzählte nämlich von Frauen anmachen und sowas, und dass sein Kumpel besser zu Lilith passen würde! Dass er aber auch weiss, das passiert niemals, weil er seinen Kumpel kennt. Lilith fragte, ob er sich da so sicher ist... Er meinte ja, und wollte dann unbedingt wissen was sie meinte. Alles ablenken half nicht, also erzählte sie ihm von der Aktion im Juli. Daraufhin schwenkte er um, das habe er gewusst, aber er weiss dass Lilith da nicht mitmacht. Ein Widerspruch, war das ein Test? War er ins Schleudern geraten? Was war passiert?

Er redete dann mit Aradia, dass eine Frau niemals einen Mann nervt, für die er was empfindet, und dass ihm eigentlich das Schreiben zwischen ihm und Lilith heute morgen auch zuviel war. Lilith hakte ein, sagte, das sei ja von ihm ausgegeangen, und er sagte: „Ja, ich

hab ja auch erkannt, dass man schreibt, wenn man jemanden mag!"
Er erzählte Aradia, warum er grade so ist wie er ist, und entschuldigte sich bei Lilith, das hätte er eigentlich ihr erzählen sollen. Für Lilith war es ok, immerhin erzählte er mal was!

Als Lilith irgendwann rein musste, es war irgendwie zuviel mit den Triggern, kam er ihr nach. Er merkte genau, wenn etwas mit ihr war! Schon immer. Lilith aber wiegelte ab, es sei alles gut. Warum tat sie das? Sie wollte die Leichtigkeit erhalten, wollte ihn nicht wieder verjagen, zu sehr genoss sie die Nähe, die gemeinsame Zeit!
Passend dazu wurde er kurz darauf traurig, Lilith und auch Aradia nahmen ihn in den Arm, reden wollte er nicht.

Aradia machte unzählige Fotos der Beiden, und auf allen sah man die beidseitige, tiefe Liebe, die aus ihren Augen Bände sprach. Ja, waren sie zusammen, war die Liebe greifbar nah...

Überhaupt war er fast den ganzen Abend ganz der Alte, ganz ihr geliebter Luzifer!

Später am Abend wollte er ein Tattoo von Aradia, die er sofort erkannt hatte, als seelische Tochter von den beiden! Er liess sich das Unendlichkeitssymbol stechen, das Aradia am rechten Handgelenk hat, auch rechts. Dann tätowierte er Lilith, Amor Aeternus über ihr Geweihtattoo.

Er schlief sogar bei Lilith, sie war glücklich!

Lilith kam dann am nächsten Tag die Idee, sich das Unendlichkeitssymbol auch stechen zu lassen, Familientattoo quasi. Also fragte sie Luzifer, er meinte nur, sei ja ihr Körper. Aber sie bemerkte seine Freude darüber, also stand das fest.

Er kam jeden Tag vorbei, manchmal kurz, manchmal länger.

Dann kam der Samstag, Aradia war weg, aber abends wollten Luna und Leon kommen. Luzifer wollte ein Schmetterlingstattoo, Cover von ASP. Also kam er bereits mittags, Lilith machte ihm das Tattoo, sie schauten Film nebenbei, fingen dann grillen an. Da er seine Hose aufm frischen Tattoo nicht ertrug, gab Lilith ihm das schwarze Kleid, das er so toll fand. Sie liebte es, wenn er so unkonventionell war!
Leider blieb er nicht lange, er sagte er muss seine Mutter am nächsten Morgen ganz früh zum Bahnhof fahren… Lilith glaubte es nicht, hielt aber den Mund. Wieder mal, um ihn nicht zu verjagen! Innerlich litt sie, es war Wochenende, so vieles fühlte sich falsch an, und sie konnte nichts sagen, verbot es sich selbst, litt still in sich hinein….
Als er ging, gab sie ihm den Schlüssel wieder zu ihrem Haus.

Am nächsten Tag kam er vorbei, brachte ihr Zigaretten und ihr Kleid, und ging wieder. Sie fand das einerseits total süss, andrerseits war sie traurig dass er gleich wieder ging. Wenigstens

hatte sie das Kleid, mit seinem Duft. Dachte sie,
denn es stank nur nach altem Fett! Noch ein
Stich, wenn er doch hier grillt, im Rauch steht,
dann nur heim fährt um ins Bett zu gehen,
woher kommt ein solcher Gestank?? Fragen
traute sie sich nicht....

Es häuften sich wieder Punkte an, Lilith war
glücklich und schmerzerfüllt zugleich. Wo war
das blinde Verstehen geblieben? Wo war das
Vertrauen?   Mehr noch, die eigentliche Frage
war: WO WAR IHR LUZIFER????

Dass er momentan, seit Silvester, nicht
verbunden war, das hatte er gesagt. Und doch
gab es so einige Anzeichen, dass er es doch war.
Aber, dieses Verhalten seit Mai, das war
definitiv NICHT ihr Luzi!

Dann kam der verhängnisvolle Montag!
Luzifer schrieb sie an, ob sie Zucchini mag, und
wollte sie abholen zum gemeinsamen Essen.
Lilith meinte dann, einfacher sei es, bei ihr zu

kochen. Also sagte er zu. Er meinte auch, er habe ihr eine Tattookundin besorgt, seine Nachbarin Anna wolle eins. Von dieser hatte er schon viel erzählt, sie wäre wohl auch an ihm interessiert, sei ihm aber zu alt mit knapp 60. Als er kam, hatte er Hackfleisch vergessen. Also fuhren sie doch zu ihm. Unterwegs erzählte er, sein Kumpel habe ganz komisch reagiert, als er ihm erzählt hatte, dass sie wieder miteinander sprachen. Und er wisse nicht, was er davon halten solle. Lilith wusste nicht, was sie dazu sagen soll, kann sie ihm ja nicht erklären, sie hatte schon seit diesem Vorfall nur noch sporadischen WhatsApp Kontakt mit ihm. Als sie ankamen, stand „zufällig" die Anna vorm Haus… Kam rüber, schien ganz nett. Mit kleinem Hund, der allerdings Lilith die Hand blutig biss, was aber keinen interessierte. Sie redeten, Lilith zeigte ihre Schmetterlingstattoos, sagte dann, Luzifer könne ihr ja ihre Nr. geben.
Dann verabschiedete die Anna sich, mit den Worten: „Wir sehn uns, SCHATZ!!!" zu Luzifer!

Lilith war geschockt!!!
Und wieder sagte sie nichts!

In der Wohnung angekommen, fielen ihr zwei
Dinge auf: Ein Zettel an der Tür, und das
Körbchen wo ihre Karten drin waren, aber leer....

Sie sagte nichts....

Die Karten hatten sie gemeinsam erstellt, und
sie hatte ihm ihr „Baby" in eben diesem
Körbchen zum Geburtstag geschenkt....

Die beiden kochten, und redeten. Luzifer
erzählte, er sei oft bei Anna, mit ihr könne er
reden, über ALLES!!!!

Lilith schwieg....

Er erzählte, die beiden würden nichts am Laufen
haben, ausser kuscheln...und küssen.

Lilith schwieg.....

Dann erzählte er, die beiden haben auch schon
nackt nebeneinander geschlafen.

Lilith schwieg......

Immer wieder fiel ihr Blick auf den Zettel, den Brief, an der Tür. „Ich wünsche dir…." Das hatte sie gesehen, beim Rausgehn einmal. Sie wollte es nicht lesen, es war sein Brief.
Und doch nagte es an ihr….

Er zeigte ihr sein Wikingerzeug, sie sagte, sie habe schon überlegt, das eine Horn zu entwenden, im Spass. Da nahm er es vom Schrank, das Grosse davon sogar, und schenkte es ihr!

Kurz darauf meinte er, da sei noch was, das sie gern haben wollte, ging in die Küche und holte seine Tasse, den Teufelsbecher, den er beim Bund geschenkt bekam, und schenkte ihr den auch.
Lilith war gerührt! War sie ihm doch wichtig? Wichtig genug, um solche „Heiligtümer" verdient zu haben?

Dann sprachen sie von Tattoos, und er erzählte, er habe überlegt, die Anfangsbuchstaben seiner Kinder in das Unendlichkeitszeichen zu tätowieren. Es sei ja eigentlich ein

Partnertattoo….

Lilith widersprach aus Reflex, kapierte in dem Moment gar nicht, WAS er da sagte! Sie meinte, es sei ein Familientattoo, und daher kann er natürlich da seine Kids verewigen!

Dann begann er, an ihr rumzuspielen. Und statt ihm ehrlich zu sagen, ihr ist grade absolut nicht nach Sex, sagte sie, sie müsse schon ewig aufs Klo, sei aber zu faul. Er nahm sie hoch, und trug sie ins Bad….

Also ging sie pinkeln, und kam raus. Er packte sie, aber statt Vorspiel schob er ihr nur den Finger samt Shirt rein, klar war sie nass, seine Anwesenheit reichte dafür aus. Also legte er sie aufs Sofa, und drang in sie ein. Sie versuchte es zu geniessen…

Wollte ihn kratzen, weil er das eigentlich mag. Früher liebte er es, kratzen, oder Knutschflecke machen, in den Hals beissen, sie liebten es beide. Früher….

Heute sagte er: „Nicht markieren!" und nahm

ihre Hände von seinem Rücken, hielt sie neben ihrem Körper fest. Dass er „wegen der Arbeit" keine Knutschflecke mag, ok. Aber kratzen? Nicht kratzen, nicht markieren? Wo grade DAS ihr Sicherheit gegeben hätte bezüglich der Alten von gegenüber? Es war grausam, schnitt ihr regelrecht das Herz in Fetzen!

Er merkte es wohl, nahm ihre Hände. Legte sie zurück auf seinen Rücken. Aber es war zu spät... Lilith liess es über sich ergehen. Dann brachte er ihr Tücher, sie solle sich abwischen, um sein Sofa nicht zu verschmutzen!
Noch ein Schlag, noch nie hatte er sowas zu ihr gesagt!
Sie lagen dann noch zusammen, und bereits da zuckte etwas in Lilith auf: Diesen Mann wollte sie nicht! Sie wollte keinen Mann, der nur auf sich schaut, und sie benutzt, ihr wissentlich wehtut. Sie verdrängte den Gedanken...

Die Nacht zeigte ihr, da ist noch ihr Luzifer. Er lag neben ihr, ihr Kopf auf seiner Brust. Irgendwann drehte sie sich, er blieb liegen. Schnarchte, hatte seine gewohnten Atemaussetzer. Irgendwann drehte er sich zu ihr, nahm sie in den Arm, so wie sie es eigentlich liebten, früher und astral. Ab da hatte er fast nur noch Aussetzer. Und Lilith kam plötzlich die Gewissheit: Er verbietet sich selbst diese Gefühle zu ihr, und somit auch das Atmen!

Er drehte sich auf den Bauch, atmete komplett ruhig. Lilith drehte sich auf den Rücken. Er drehte sich zur Seite, legte seinen Arm unter ihren Kopf, und zog sie plötzlich ganz dicht an sich ran! Hielt sie richtig fest umklammert, so nah, dass kein Blatt Papier mehr zwischen sie passte, und atmete vollkommen ruhig! Kein Schnarchen, kein Aussetzer mehr! Es war, als habe er aufm Bauch liegend das selbst auferlegte Verbot bekämpft! Endlich fand auch Lilith etwas Schlaf....

Dann klingelte sein Wecker. Er stand auf, zog sich an. Und entfernte den Zettel! Steckte ihn sorgfältig gefaltet in die Tasche....

Klar, das Kopfkino ging los, jetzt war Lilith richtig getriggert!

Er machte ihr dann Kaffee, und gab ihr einen
Abschiedskuss bevor er ging.

Lilith versuchte zu schlafen, aber es war
unmöglich. Zuviele Gedanken, zuviel Schmerz.
Nun war sie allein, musste nicht mehr so tun als
sei alles ok!
Jedesmal wenn sie rauchen ging, sah sie das
verhasste Haus, wurde ihr bewusst, WIE NAH die
Anna ihm war…. Ihr fiel ein, wie sie gestern
abend seine Nähe suchte beim Rauchen, und er
auswich…. Sollte Anna das nicht sehen? Lief da
doch mehr? Der Schmerz zerriss sie! Was war
das für ein Zettel, wenn er ihn vor ihr ganz
offensichtlich verstecken musste???
Sie versuchte sich abzulenken, räumte ein
bisschen auf, spülte das Geschirr,… Aber alles
oberflächlich, in Schränke wollte sie nicht
reinschauen. Also konnte sie nicht wirklich viel
tun, es half ihr eh nicht wirklich…. Also schaute
sie nach, ob sie was zu schreiben fand. Nein, nur
ein kleiner Block in ihrer Tasche. Sie schrieb ihm,
fragte nach einem Stift, er wollte wissen wofür.
Sie sagte nur, sie muss sich was von der Seele

schreiben. Er fragte nochmal, sie sagte nichts genaues...

Sie hatte einen Stift gefunden, fing an zu schreiben. Und brach in Tränen aus! Alles kam raus, sie lag weinend da, Aradia rief sie an, sie redeten. Soweit es Lilith möglich war zu reden, sie schluchzte herzzerreissend. Es tat so verdammt weh, sie wollte nur hier raus, nach Hause!

Plötzlich eine Nachricht, Luzifer würde sie nach Hause bringen, er müsse dann zu einem Kunden und wisse nicht, wie lang das dauert....

Also versuchte Lilith, ihre Tränen abzuwaschen, und halbwegs normal auszusehen, bis er kommt. Sie stiegen dann ins Auto, redeten kaum was, sie stieg daheim einfach aus und ging rein.

Leon meldete sich dann, Luna brauchte sie. Sie fragte Luzifer, ob er wisse wie lang das geht, da Luna sie brauchen würde. Er wusste es nicht, also fuhr Lilith allein zu Luna, bzw Luna holte sie ab.

Abends dann kam eine Nachricht, er ist endlich daheim. Lilith bat um ein Foto, er sagte nein. Schickte dann doch eins, nackt ohne Kopf…. Lilith sagte, sie wollte eigentlich sein hübsches Gesicht sehen, da schickte er doch eins. Sah traurig und fertig aus, aber es war seine Wohnung wenigstens. Naja, ok, die Alte kann ja auch dort gewesen sein, also doch nicht so beruhigend….

Danach kam er nicht mehr…

Donnerstags dann kam der Punkt, da liess Lilith die Wahrheit raus… Er meinte dann, er würde ja gern zu ihr kommen, aber die Feuerwehr versperre den Weg…. Dies bis angeblich 22 Uhr, da war er müde… Ob es stimmte, wusste Lilith nicht. In ihr tobte ein Streit zwischen Vertrauen und Misstrauen, zuviel war passiert….

Er war dann übers Wochenende in Berlin, hatte er jedenfalls gesagt, Familienfeier…. Sonntags abends meldete er sich kurz, dass er daheim angekommen war. Danach wieder Stille.

Irgendwann sah Lilith, dass er seinen Beziehungsstatus in Facebook von Verheiratet zu Getrennt geändert hatte.

Und im Telegram sah sie, dass er sich als Frei und Offen bezeichnete, und Kontakt sucht…. Autsch!!!

Für Lilith musste es weitergehen, an ihrem Häuschen wurde Anfang September das Dach neu gedeckt. Sie half mit, lenkte es sie doch ab. Und die Leute waren alle lieb, es war schön mit allen zu arbeiten.

Da lernte sie auch Heinz kennen, einen Zimmermann. Mit ihm kam sie super aus, er arbeitete auch am längsten, brachte die Regenrinne an und so. Sie turnte mit ihm auf dem Dach rum, hatte ihre Angst vor Leitern überwunden.

Irgendwann bot sie ihm an, wenn er mal Hilfe woanders braucht, geht sie gerne mit und hilft ihm. Und er versprach, sich zu melden.

Irgendwann, Wochen später, wollte Luzifer reden, am nächsten Abend gegen 19 Uhr. Lilith sagte zu, und hatte Angst davor....

Naja, er kam gar nicht. Sagte auch nicht ab. Auf Nachfrage schrieb er, er sei noch arneiten und habe nicht bemerkt wie spät es ist! So wichtig war ihm also das Gespräch, und sie!!
In Lilith erwachte die Wut, und Stolz. Sie schrieb ihm, wenn es ihm wichtig ist, dann morgen um die selbe Zeit.
Mittags schrieb er, das schaffe er nicht, er sei am Arbeiten, die Nachtschicht schläft wohl nur. Und Lilith sagte, wenn das so wichtig ist, wenn er meint, er muss aufholen was andre verpennen, und dies wichtiger ist als sie, mal wieder, dann ok. Ihretwegen mussten sie nicht reden, sie schrieb ihm dann ihren Teil, wie sehr die Sprüche bezüglich der Alten, der Sex, alles

einfach, ihr wehgetan hatten. Und dass sie das
so nicht mehr will, er soll ihr Geld und ihren
Schlüssel bringen, dann seien sie geschiedene
Leute!
Es kam keine Reaktion mehr....

Lilith is back

Bis zum Todestag ihrer Mama, der 24.9. Da klingelte ihr Haustelefon, Luzifer war dran. Ob sie Zeit habe, zum Reden, er sei bei einem Kunden fertig und vor dem nächsten könne er vorbeikommen. Wieder mal wurde sie nur zwischengeschoben! Aber sie sagte zu.
Als er vor dem Tor stand, merkte sie, sie kann es. Sie kann stark bleiben! Sie schloss auf, liess ihn rein. Ihren Schlüssel habe er im andren Auto, sagte er. Sie gingen auf die Terrasse, und redeten. Lilith wiederholte, was sie bereits geschrieben hatte. Dass unter Anderem der letzte Sex dermassen traumatisch war, dass sie das, wie es war, nicht mehr kann und will. Sie ist kein liebloses Spielzeug, das er in die Ecke werfen kann wenn er es nicht mehr will. Und dass das mit der Anna extrem schmerzhaft war, er setzt ihr die als „Kundin" vor, sie soll die tätowieren, tut als meine er es gut, um ihr dann stolz zu erzählen, dass er mit der nicht nur reden kann, reden, was er mit Lilith nicht kann, nein,

dem nicht genug, kann er dort auch
Zätlichkeiten austauschen, Lilith bekommt nur
die gewalttätige Seite von ihm, das Würgen und
Quälen…
Er rieb sich die Schläfen, stand auf. Ob aus
Scham, oder Wut, sie wusste es nicht.
Dann kam er zu ihr rüber, ging neben ihrem
Stuhl in die Hocke, nahm ihre Hand. Sie liess es
zu, allerdings ohne den Druck zu erwidern, ohne
Gefühlsregung. Er meinte, die Anna könne ja
seine Mutter sein, und mehr sei da auch nicht.
Lilith lachte kurz frustriert auf, aha, wie eine
Mutter also? Knutscht er denn seine Mutter
auch, und pennt nackt mit ihr in einem Bett?
Sind ja komische Familienverhältnisse! Sie haute
ihm um die Ohren, dass sie gar nicht wissen
wolle, was sie sich bei ihm womöglich
eingefangen habe….
Dann gingen sie rein, tranken einen Kaffee. Sie
sagte ihm, sie vermisse den Mann der er mal
war. Ihren Luzifer, der sie liebte und ihr das auch
zeigte. Und dass sie nun wisse, dieser Mann ist
weg, und der Mann, der jetzt vor ihr steht, den

liebt sie nicht und den will sie nicht in ihrem
Leben. Er sagte, er will wieder der werden, der
er war, der er eigentlich ist. Das erste Mal seit
sie sich wiedergefunden hatten, sagte er dies!
Aber Lilith konnte es nicht glauben, oder wollte
nicht hoffen. Sie sagte ihm, sie hätte ihm helfen
können, aber dazu gehöre Vertrauen, und
vertrauen könne sie ihm nicht mehr, auf keiner
Ebene.
Er sah ein, dass er daran auch gut gearbeitet
habe…
Dann musste er gehen, kam auf sie zu, aber statt
sie in den Arm zu nehmen, strich er ihr nur kurz
über den Arm und ging. Lilith hätte nichtmal
gewusst, ob sie eine Umarmung zugelassen
hätte oder nicht….

Dann war sie allein. Und stolz auf sich, dass sie
nicht wieder schwach geworden war. Irgendwo
in ihrem Inneren war die Hoffnung, dass er sich
später nochmal meldet, dass er mit ihr zu ihrer
Mutter auf den Friedhof fährt. Jedoch wusste
sie, das passiert nicht. Er meldete sich auch nicht

mehr, nicht an diesem Tag, und nicht an den
darauf folgenden.

Lilith arbeitete an sich selbst, machte Heilreisen,
um alte Wunden zu heilen. Und kam immer
weiter aus dem tiefen Loch raus.

Kurz nach seinem letzten Besuch räumte sie
alles weg von ihm. Hängte Bilder ab, verstaute
das Trinkhorn in der Schublade, seine
Bundeswehrsachen in eine Holzkiste. Und es
fühlte sich gut an. Ihr Hintergrundbild änderte
sie, verschob den Chat ins Archiv.
Sie wollte endlich bei sich ankommen.

Sie besuchte einige gratis Workshops, zog sich
aus den angebotenen Heilreisen das Beste raus.
Es half, ja, aber es brachte sie nicht tief genug...

Dann wurde sie angeschrieben, von einer Frau
aus einem Team, mit dem sie eigentlich seit
ihrem Umzug zusammengearbeitet hatte. Auch
da gab es wieder einen gratis Workshop, sie
sagte zu. Und damit veränderte sich alles!
Endlich wusste sie, was sie will, wo sie

weitermachen will. Ihr Herz zog sie genau zu dieser Frau, genau dort wollte sie investieren! Ok, das grosse Programm, das war zu teuer. Aber da gab es Anfang November einen zweitägigen Workshop, und genau diesen buchte sie. Beziehungsweise, zuerst mal entschloss sie sich dazu. Ohne Ahnung, wie sie dann über den November kommen sollte…

Der Entschluss stand, sie buchte den Workshop sobald ihr Geld da war. Und es kamen glückliche „Zufälle", die sie den Monat überstehen liessen! Diese zeigten sich eigentlich schon kurz nach ihrem Entschluss, festigten sich aber im Laufe des Monats.

Und dieser Workshop transformierte bereits soo viel!

Am 11.11. hatte sie ein Gespräch mit der Leiterin desselben, und das war nochmal eine Wohltat! Darin wurde ihr bestätigt, dass sie auf dem richtigen Weg ist, dass sie sogar ein Profi auf ihrer Frequenz ist, und dass ihr Seelchenprozess sich im Endstadium befindet!

Sie besprachen, was weiter möglich sei, und Lilith buchte. Zwar nicht das ganz grosse Programm, aber eins das ihr helfen sollte, mit sich und auch ihrem Business weiterzukommen. 555€, am 11.11. im 8er-Jahr! Ja, die Zahlen sprachen deutlich. Aufgeteilt auf 5 Raten, beginnend im Dezember. Das Programm allerdings durfte sie sofort starten.

Aradia, die grade auf Besuch war, freute sich total für Lilith, und meinte, wie sehr sie verwundert war, wie auffällig es war, dass Lilith vollkommen ohne Zögern, total im Vetrauen, ja gesagt hatte! Ja, es gab auch kein Zögern mehr, Lilith wusste, es klappt alles, sie vertraute dem Universum.

Die Woche mit Aradia verging viel zu schnell. Sie waren viel unterwegs, auf Flohmärkten, und vergnügten sich auch künstlerisch. Hatten viel zu erzählen, oder betätigten sich spirituell, zum Beispiel mit Gläserrücken. Da zeigte sich auch Azazel, Aradias Seelchen. Oh es tat ihr so gut, frei mit ihm reden zu können! Irdisch war das ja nicht möglich, er befand sich wieder im Rückzug, genau wie Luzifer. Und Aradia konnte auch leider nicht astral reisen.

Der Tag des Abschieds kam, und Lilith stürzte sich in ihr Programm. Es war interessant, lehrreich. Dann kam die erste richtig tiefe Heilreise, grade als Lilith durch Beli, mit dem sie seit einigen Wochen wieder Kontakt hatte, extrem getriggert war. Er hatte dem „Himmel" nachgetrauert, mal wieder. Und Lilith fühlte Wut, Machtlosigkeit, Schmerz. Zerstritt sich dann auch mit ihrem Luzifer, der durch Beli mit ihr geschrieben hatte. Und dann kam die Heilreise... Und Lilith lag heulend, schreiend auf ihrem Sofa. So tief, so grausam, so schmerzhaft. Sie sah, wie sie weggerissen wurde von ihrem Engel, von ihrem Sohn, auf der kalten Erde bei einem Fremden landete. Und wie dieser über sie verfügen wollte,...
Ja, da wusste sie, warum sie so getriggert war...
Kaum war sie zurück aus der Heilreise, wurde ihr eine Legung gemeldet, die genau passte!
Später schrieb sie Beli, und Luzi antwortete....

Sie schrieben, vertrugen sich, und es klärten sich weitere Fragen, bezüglich ihrer ursprünglichen Herkunft. Sie hatte gedacht, sie sei von „Gott" für Adam erschaffen, und nun zeigte sich, wie es wirklich war. Dass ihr Luzifer sie erschuf, sie also genau das war, was er wollte, will. Und wie dann alles weiterging... Er hatte nicht gewollt, dass sie darunter litt, und die Erinnerung daran versteckt. Nun aber war sie aufgedeckt, und auch gleich geheilt, dank Lilith´s Entschluss, das Programm zu kaufen! Und sie heilte damit ja auch ihn mit, sowie ihre Ahnenreihe.

In ihrem Zuhause änderte sich auch viel, so hatte sie neue Deko, Lichterketten, alles etwas mehr spirituell, etwas mehr SIE. Endlich konnte sie ankommen, sich zuhause fühlen, glücklich sein hier. Sie litt nicht mehr, bereute nicht mehr. Nein, sie war dankbar!

War auch viel mit Heinz unterwegs, ja er hatte sich gemeldet, und nahm sie mit. So war beiden geholfen, sie kam raus, hatte Ablenkung und Spass, und er ein paar helfende Hände für

Kleinigkeiten. Oh wie sie es liebte, mit den Händen was erschaffen, war ihr schon immer am liebsten gewesen. Sie hätte ja auch am liebsten damals Automechaniker gelernt, aber keiner hatte sie genommen, weil sie eben eine Frau war!

Dann, am 30.11. schickte Aradia ihr einen spirituellen Adventskalender, 24 Zettelchen mit Fragen und Impulsen. Lilith druckte ihn aus, steckte die Zettelchen in ihre grosse schwarze Tasse, und stellte sie aufs Nachtschränkchen. Am nächsten Morgen zog sie den ersten, darauf stand: Welcher Mensch hat dein Leben in letzter Zeit bereichert? Lilith sinnierte, und ihr fiel auf: Alle! Sie hatte nur noch bereichernde Menschen im Leben, alle anderen waren daraus verbannt! Eine tiefe Dankbarkeit erfüllte sie! Und im Zuge dieser Dankbarkeit, erfüllte eine weitere Welle ihr Herz: Sie war ihrem Luzifer dankbar! Dankbar dafür, wie er in diesem Jahr gehandelt hatte, dankbar dass er im Mai gegangen war, dass er sie behandelt hatte, wie er sie behandelt hatte. Denn, hätte er all dies nicht getan, wäre sie nicht glücklich gewesen, wäre die Liebe womöglich zerbrochen. Denn sie hatte sich aus Angst, ihn zu verlieren, total untergraben. Nicht auf ihre Bedürfnisse geachtet, nur seine Wünsche beachtet. Sich verbogen, untertan gemacht. Ja, sie war zur Eva mutiert!!! Klar, das möchte auch er nicht... Also, vollkommen klar, es war alles richtig wie es war, nein es war sogar notwendig! Diese Dankbarkeit war so tief und rein, erfüllte sie den ganzen Tag!

Sie war mit Heinz nun an der zweiten Baustelle beschäftigt, ein Hoftor fertigstellen bei der Mutter ihres Vermieters. Dafür mussten Holzbretter vorbereitet werden, Tropenholz. Und in einem der Bretter war ganz viel Harz, welches weg musste. Und Lilith durfte es haben! Da freute sich ihre innere Räucherhexe! Es war dann sogar seltener Schamanenharz, der beruhigend wirkt, negative Gedanken vertreibt und die Konzentration fördert. Ein richtiges Schätzchen also!

Dann kam der Tag, als die Bretter angebracht werden sollten am Tor. Und es regnete! Egal, sie fingen dennoch an, und zogen es letztendlich durch! Feucht, durchgefroren, aber stolz betrachteten sie ihr Werk. Beide hätten sie nicht gedacht, das heute wirklich fertig zu bekommen! Aber mit vereinten Kräften war es gelungen.

Am nächsten Tag sollte dann der Spalt zwischen Dach und Terrasse bei Lilith geschlossen werden. Morgens aber schrieb Heinz, ob Lilith sehr böse sei, wenn sie das auf Freitag verschieben, er musste sein Knie schonen, hatte Schmerzen. Natürlich war das in Ordnung für Lilith, konnte sie total verstehen. Also verschoben sie es auf Freitag.

Ja, und dann war endlich der Spalt zu, ihr Katerchen war da immer reingekrochen. Ausserdem hatte Lilith auch Bedenken, dass da andre Tiere, zum Beispiel Marder, reinkönnten. Und diese sind ja für Katzen gefährlich... Nun war die Gefahr gebannt, auch wenn Schnuck das gar nicht witzig fand. Aber er gewöhnte sich dran, und fand andre Wege, um auf Tour zu gehen.

Die endgültige Vereinigung

Seit einiger Zeit kam in den Karten immer wieder, die Seelchen würden sich melden, zurückkommen. Luna bekam auch nur noch Legungen für Lilith. So war es im August auch gewesen...

Lilith war total in sich selbst sicher, sie wusste ganz genau, Luzifer kommt. Wann, das war ihr egal, ob das heute, morgen oder in zwei Jahren war. Sie machte ihre Workshops, heilte, und lernte auch in anderen Kursen neue Dinge, wie Hexenrunen oder Kontakt mit dem Geistführer. Den Geistführer Kurs hatte sie ja 2021 begonnen, bevor sie ihre Mama pflegte, und bereits da hatte er sehr viel geöffnet. Nun zog sie durch, und ihr eröffnete sich soo viel! Ihre medialen Kanäle sprangen förmlich auf, sie hatte eine richtig gute Anbindung!

Dir Heilreisen aus den Workshops taten ihr Übriges, sie heilte, teils unter extremen Schmerzen, all ihre alten Traumata, aus diesem Leben, aus vergangenen Leben, und sogar aus ihrer Ahnenreihe! Auch kollektiv würde man so heilen, sagte die Leiterin der Heilreisen, unter Anderem eben auch den Seelenpartner.

In einer dieser Heilreisen erkannte Lilith auch, dass sie doch eine Hexenwunde hatte! Zwar nicht die obligatorische Angst vor Feuer, nein. Dass sie verbrannt worden war, wusste sie, und es war ok. Sie hatte damals ihren letzten Atemzug genutzt, um all die Unschuldigen zu rächen, die in dieser Zeit ihr Leben lassen mussten.
Nein, ihre Hexenwunde war ihre unerklärliche Angst vor Polizei, Gefangenschaft und der damit verbundenen Scham, denn: Sie war damals aus ihrem Haus gezerrt, und in einem Holzkäfig auf dem Marktplatz des Dorfes zur Schau gestellt worden! Alle hatten sie verhöhnt, beleidigt, mit Steinen und Unrat beworfen, und ausgelacht! Aber das Schlimmste war gewesen, als selbst ihr

Luzifer sich mit ihren gemeinsamen Kindern von
ihr abgewendet hatte!
Dies alles sah sie, und heilte es dann auch gleich.
Es zog natürlich wieder einige Zeit an ihr,
machte sie auch körperlich schlapp, aber es
lohnte sich, wie immer.

Und so geschah es, eines Tages stand ihr Luzifer
vor der Tür! Und zwar wirklich ihr Luzifer, nicht
der verletzende Mann der er geworden war
durch die Schlange.

Er hatte sich von der gelöst, hatte sich sein
Leben zurück erkämpft, und dabei seine Seele
wieder integriert!
Lilith war glücklich, aber zuerst auch skeptisch.
Sie brauchte einige Zeit, bis sie wirklich
vertrauen konnte. Zu oft war ihr Luzifer zwar
mal durchgeblitzt, aber war zu schwach um sie
vor Verletzungen durch die Marionette, die sein
Körper geworden war, zu schützen. Aber, er war
tatsächlich wieder da!

Es dauerte nicht lange, da zog er bei ihr ein. Sie genossen die Zweisamkeit, und legten zusammen richtig los: Kreierten Kartendecks, er übernahm auch bald die Kartenlegungen, sie folgte ihrer Berufung, dem Schreiben von Büchern. Sie genossen es, liebten ihre Berufung, und verdienten auch genug Geld damit, um Lilith´s geheimen Traum zu erfüllen: Sie kauften das Häuschen! Und bauten es um. Lilith hatte ja durch Heinz genug Kontakte geknüpft, es war herrlich.

Seine Kinder kamen auch jedes zweite Wochenende zu den Beiden, und fühlten sich hier wohl. Die Schlange hatte kapiert, dass sie nicht mehr manipulieren kann, dass diese Liebe nicht zerstörbar ist, sie sich eher selbst zerstört, wenn sie weiter einen Keil zwischen Lilith und Luzifer treiben will! Sie arrangierten sich, mussten es ja. Freunde wurden sie und Lilith niemals, dafür hatte sie zuviel angerichtet, Lilith war zwar nicht nachtragend, aber es war zuviel gewesen... Nur den Kindern und ihrem Luzifer zuliebe duldete sie die Schlange in ihrem Gebiet.

Sie holten sich einen Hund, das Grundstück war ja gross genug. Und seine Kinder liebten ihn, und kamen nun noch lieber zu ihnen.

So vergingen die Jahre, Lilith hatte Erfolg mit ihren Büchern, Luzifer begleitete sie gerne auf Lesungen und Autorenmessen, er stand dann jedesmal stolz an ihrer Seite.

Langweilig wurde ihnen niemals, sie genossen ihr Leben, und ihr gemeinsames Hobby, das Besuchen von verlassenen Orten, und die Kontaktaufnahme zu Wesen aus anderen Ebenen. Dies konnten Verstorbene sein, aber auch Engel oder Dämonen. Nun ja, mehr Dämonen als Engel...

So konnten sie auch endlich der Menschheit zeigen, dass Dämonen nicht zwingend böse sind, und Engel nicht zwingend gut. Dies war ihre gemeinsame Mission, dies wollten sie noch auflösen, bevor sie ihre Inkarnationsschleifen endlich verlassen durften!

Denn, Lilith hatte im Zuge ihrer Heilung auch
erfahren, dass sie ihrem geliebten Luzifer
versprochen, nein geschworen hatte, dies ist
ihrer beider letzten Leben, sie werden endlich
den Fluch seines Vaters brechen! Dazu mussten
sie „nur" gegen alle Widrigkeiten ankämpfen
und endlich ihre Liebe leben. Nun, das hatten sie
geschafft, nichts kam mehr zwischen die Beiden.

Und so hatten sie sich eben dies auf die Fahne
geschrieben, der Welt die Augen zu öffnen über
Gut und Böse.

Und dieses Buch ist der Anfang.....